Grab 47

Dieses Buch widme ich meiner lieben Frau Maria, weil sie mir in unserer Gemeinsamkeit immer wieder die Zeit schenkt, damit ich mich mit dem Schreiben meiner Texte als Person und als Mensch weiter entwickeln kann.

Rainer Mauelshagen

Rainer Mauelshagen

Grab 47

Bibliografische Information der Deutschen Nationalbibliothek:
Die Deutsche Nationalbibliothek verzeichnet diese Publikation in der Deutschen Nationalbibliografie; detaillierte bibliografische Daten sind im Internet über http://dnb.dnb.de abrufbar.

Dieses Buch ist auch als E-Book erhältlich

© Oktober 2017 Rainer Mauelshagen
ISBN: 9783744836302
Coverfoto: Fotolia by Adobe, #70908585, Urheber: Alina G
Lektorat & Redaktion: tat-worte.de
Herstellung und Verlag: BoD - Books on Demand, Norderstedt

Angst ist nur ein Schatten, mag er noch so schwarz und beunruhigend sein. Das Licht der Hoffnung nimmt ihm die Bedrohung.
Rainer Mauelshagen

Der Autor

Rainer Mauelshagen wurde am 5. März 1949 geboren. Seine Kindheit und Jugendzeit verbrachte er in Wuppertal. Seit 1984 wohnt der Autor in Vettelschoß, einer ländlichen Gemeinde im äußersten Norden von Rheinland-Pfalz. Rainer Mauelshagen ist verheiratet und hat zwei erwachsene Kinder und vier Enkelkinder. Nach Ausübung verschiedener Berufe widmet sich der Autor seit einigen Jahren intensiv dem kreativen Schreiben.

Mit *Grab 47* ist nach *Das Kastanienherz* und *Herr Jonas erwartet Besuch* nun sein dritter Roman veröffentlicht worden. Der ganz eigene Schreibstil ist es, der seine Bücher in dem Sinne lesenswert macht, weil es dem Autor immer wieder gelingt, die Leser emotional in seine literarischen Erzählungen hineinzuziehen.

Kampmann. Mein Name ist Hans Georg Kampmann, und ich möchte Ihnen eine Geschichte erzählen. Es ist nicht meine Geschichte, sie wurde mir von einem Mann erzählt, der mir bis zu jenem Zeitpunkt völlig fremd war. Ich muss sie einfach erzählen, da sie mir nicht mehr aus dem Kopf gehen will, obwohl ich eigentlich Stillschweigen darüber bewahren wollte, weil ich befürchtete, dass sie mir keiner glauben könnte. Wer hat schon jemals davon gehört, dass jemand zweimal stirbt? Ja, Sie lesen richtig, der Kerl, um den es geht, hat mir in jener Nacht weismachen wollen, dass er schon einmal gestorben ist, obwohl er sehr lebendig neben mir saß.

Aber vielleicht denken Sie anders darüber, wenn Sie alles erfahren.

Die Geschehnisse liegen bereits einige Jahre zurück. Wie gewöhnlich las ich an jenem Morgen während des Frühstücks meine Zeitung, als mir im Lokalteil ein Artikel ins Auge fiel. Beinahe hätte ich mir vor Schreck den heißen Kaffee über die Schlafanzughose geschüttet. Dort stand nämlich in der Spalte aus dem Polizeibericht, dass ein noch unbekannter Mann, wohl in Absicht der Selbsttötung, am vorangegangenen Tag gegen 18 Uhr von der Fußgängerbrücke am Hauptbahnhof auf einer der darunter liegenden Hochspannungsleitungen gesprungen wäre und augenblicklich bis zur

Unkenntlichkeit verbrannte. Ich fragte mich natürlich sofort, ob es sich bei diesem armen Deubel um jenen Mann handeln könnte, den ich wenige Tage zuvor rein zufällig kennengelernt und der mir seine Absicht, sich das Leben zu nehmen, in einem langen intimen Gespräch angekündigt hatte. Direkt neben mir, hier an meinem Küchentisch, wo ich alles aufgeschrieben habe, saß er und berichtete von den unfassbaren Ereignissen, die ihm das Weiterleben zur Qual werden ließen, sodass er keinen anderen Ausweg mehr sah, als seinem Leben ein Ende zu bereiten.

Jetzt, im Nachhinein, tut es mir wirklich sehr leid, weil ich ihn damals nicht ernst genug genommen habe. Wie auch? Erstens waren wir beide in jener Nacht zumindest anfangs sturzbetrunken. Zwei ausgedorrte Seeleute, die in ein Fass Rum gefallen waren, hätten nicht besoffener sein können. Und zweitens: Wer zweimal stirbt, dem glaubt man nicht! Aber bitte, nicht voreilig urteilen, sagte ich mir. Und überhaupt, solange ich nicht hundertprozentig weiß, ob er es wirklich war, über den in der Zeitung geschrieben wurde, bleibt mir immerhin die Hoffnung, dass der seltsame Fremde längst wieder in Frankreich bei Pierre und dessen Tochter Julie den lieben Gott einen guten Mann sein lässt. Leider hat sich die verrückte Angelegenheit für mich bis heute nicht aufgeklärt.

Der Fremde

Nach getaner Arbeit saß ich an jenem besagten Abend noch auf ein Bier in meiner Stammkneipe. Nicht weil es dort besonders gemütlich ist, nein, ganz im Gegenteil, denn in der engen verräucherten, schäbigen Eckpinte direkt in der Nähe des Hauptbahnhofes trafen sich auch allerhand undurchsichtige Gestalten. Unter ihnen befand sich so manch gesellschaftlich Gestrandeter, der auf den einen oder anderen Schnaps noch einmal kurz in das bunte Leben der Dunkelheit eintauchen wollte, bevor er wieder, vom Alkohol betäubt, seine einsamen Nächte in irgendeinem dreckigen Winkel der Stadt verbringen würde. Aber Jochen, der Wirt, zapfte das appetitlichste Pils der Stadt und brutzelte die leckersten Frikadellen weit und breit. Allein das war der Grund, warum ich seit Jahren dieser mir lieb gewonnen Gewohnheit nachging, zum Abschluss der Tagespflichten bei ihm einzukehren.

So fiel mir der Mann, der mir am Nachbartisch direkt vis-à-vis saß, zunächst auch gar nicht besonders auf, obwohl sein Gesicht von hässlichen Narben entstellt war, wie ich anfangs nur flüchtig bemerkte. Wie zerknülltes Pergamentpapier, geradeso sah seine Haut aus. Jedenfalls achtete ich zunächst nicht darauf, bis mich sein starrer, nachdenklicher Blick irritierte, der mich zu durchbohren schien. Es ist ein unangenehmes Gefühl, wenn jemand einen ununterbrochen anstiert, ohne dass man wirklich wahrgenommen wird. Total abwesend wirkte der Kerl. Sogar seine filterlosen Zigaretten entzündete er tranceartig, aber mit nervös flatternden Fingern. Eine nach der anderen steckte er sich an, ohne dass sich seine Blickrichtung geändert hätte. Er machte den Eindruck, abgetaucht zu sein in eine ferne Welt, die für alle Außenstehenden unerreichbar war. Erst als Jochen ihm auf mein Geheiß hin ein großes Glas Fusel vor die Nase stellte, hatte ich das Gefühl, dass er mich schemenhaft wahrnahm. Eine Freude wollte ich ihm bereiten, und vielleicht konnte ich ihn mit dem Schnaps aus seiner Lethargie reißen, damit er endlich aufhörte, mich so blöd anzustarren. Also erhob ich lächelnd mein Glas, um ihm zuzuprosten, worauf er tatsächlich wie aus dem Schlaf geweckt hochschreckte. Meine Geste, dass der Schnaps von mir sei, verstand er augenscheinlich, obwohl er zunächst keinerlei Regung des Dankes zeigte. Umso überraschter war ich, als er mir schließlich nachlässig deutete, mich an seinen Tisch zu setzen. Ich zögerte, denn mir war es nicht ganz recht, vor aller Augen näheren Kontakt mit einem dieser Penner zu knüpfen, für den ich ihn alleine schon wegen seiner beschmutzten Kleidung hielt. Außerdem lag ein ziemlich ramponierter Rucksack zu seinen Füßen, in dem er wohl sein gesamtes Hab und Gut verstaut hatte. Schließlich hatte ich einen guten Ruf zu verlieren. Für mich war er zu diesem Zeitpunkt einer dieser Sozialschmarotzer, die nur darauf warteten, dass man ihnen einen Schnaps oder ein Bier spendierte, um danach wie eine Klette an einem hängen zu bleiben.

Seltsam, aber da gab es etwas, das mich trotzdem zu ihm trieb. Ich kann im Nachhinein nicht sagen, ob es die Bestimmtheit um seine Mundwinkel war oder die melancholischen Augen, die mich auf unheimliche Weise zu ihm zwangen. Diesen Mann umgab ein Geheimnis, irgendetwas fesselte mich an ihn. Ich stand also zögerlich auf, rückte einen Stuhl beiseite und setze mich ihm erwartungsvoll gegenüber, geradeso, wie alte Bekannte beieinanderzusitzen pflegen.

Mit finsterem Blick stellte er sich mir als Marc Levante vor.

Hey, Freundchen, willst du mich hypnotisieren? Dieser Satz ging mir spontan durch den Kopf.

Nach einer kurzen Pause beiderseitiger Sprachlosigkeit rief er mit heiserer Stimme nach Jochen, damit er uns beiden neuen Schnaps brachte.

»Das ist nicht nötig«, entgegnete ich peinlich berührt. So weit kam es noch, dass ich mich von einem armen Habenichts aushalten ließ. Aber Marc legte unmissverständlich seine vernarbte Hand auf meinen Arm. Ich spürte sofort, dass er keinen Widerspruch duldete.

»Sie sind mein Gast.« Die energischen Worte unterstrichen meine Deutung. Also ließ ich es geschehen, und es sollte nicht die letzte Runde an diesem Abend gewesen sein, die er für mich ausgab.

Es muss etwa gegen Mitternacht gewesen sein, nur noch wenige Gäste lümmelten sich im rauchgeschwängerten Raum apathisch auf ihren Stühlen herum. Müde dreinschauend spülte Jochen eine ganze Batterie schmutziger Gläser weg, die er nach mehrmaligem Anhauchen und sorgsamem Abtrocknen nochmals prüfend vor die Augen hielt, um sie schließlich gedankenverloren, aber in penibel eingehaltener Reihenfolge auf die dafür vorgesehenen Glasregale vor die matte Spiegelwand zu stellen. Trotz meines inzwischen vom Alkohol reichlich benebelten Zustandes nahm ich zum ersten Mal an diesem Abend die Gelegenheit wahr, mir den Fremden genauer anzuschauen, da dieser wieder geistig entrückt schien. Doch meine Scheu, ihn auf seine Verletzungen anzusprechen, war stärker als meine Neugierde.

»Wie kann ich mich revanchieren?«, unterbrach ich das Schweigen, das oft dann entsteht, wenn man Stunde um Stunde gemeinsam gesoffen hat und die Kondition nachzulassen beginnt. Beinahe hatte ich es bereut, ihn angesprochen zu haben, denn sein Augenausdruck ließ mich erschauern. Sollte ich besser aufstehen und gehen? Aber wie würde er reagieren?

Während ich angespannt überlegte, sagte er: »Lassen uns eine Wette vereinbaren!«

Sofort war ich hellwach. »Eine Wette?« Ich beobachtete unschlüssig, wie der Mann, der sich als Marc Levante vorgestellt hatte, angewidert den schaumlosen Rest seines Bieres in die Kehle rinnen ließ. Dann fiel mein Blick respektvoll auf seinen Deckel, der von Jochens Kugelschreiberstrichen einen ordentlichen Strahlenkranz aufwies, ähnlich der einer Sonne an einem wolkenlosen Sommertag.

»Marc«, drängte ich ihn mit schwerer Zunge, »was für eine Wette?«

»Pst«, machte Marc und legte verschwörerisch den Finger auf die Lippen.

»Wie soll die Wette aussehen?«, bohrte ich hartnäckig, aber flüsternd weiter. Ob mich seine Antwort in diesem Moment wirklich interessierte, ist mir nicht mehr in Erinnerung, aber vermutlich will jeder, der eine Wette angeboten bekommt, wissen, wie diese aussieht.

Marc drehte sich langsam um, wie einer, der aus jeder Ecke Gefahr befürchtete. Mit gehetzt wirkendem Blick erfasste er den gesamten Raum. Danach zeigte er sich sichtlich zufrieden, als keiner der anwesenden Gäste oder Jochen irgendein vernehmbares Interesse an unserer mit einem Male konspirativ gewordenen Unterhaltung zeigte.

»Also«, begann er, »wer die Wette verliert, bezahlt die gesamte Zeche.«

Ich zog ruckartig meine Hand zurück, die er ergreifen wollte, damit ich in seinen Vorschlag einschlug. »Halt, halt, Marc, erst muss ich wissen, um was es geht!«

Wieder suchten seine traurigen, rot geäderten Augen die Kneipe nach Lauschern ab. Leiser und heiserer als zuvor vernahm ich seine Worte. »Ich wette mit Ihnen«, begann er langsam, »ich wette mit Ihnen, dass Sie gerade mit einem Toten zechen!«

Verdammt! Wie hätte ein anderer darauf reagiert, wenn man ihm solch eine Wette anbieten würde? Die meisten würden es wahrscheinlich als Unsinn abtun, weil der, der sie geäußert hatte, schlichtweg durch den konsumierten Alkohol nicht mehr Herr seiner Sinne gewesen sein konnte. Meine umgehende Antwort war deshalb ein spannungsentladener Lachanfall, der die beschauliche Stille in der Kneipe abrupt beendete.

»Ich tue was?«, schüttelte es mich von Luftnot begleitet.

»Nun seien Sie doch endlich leise!«, zischte Marc verärgert. »Es braucht ja nicht jeder wissen.« Seine Mimik war eindeutig, und mir blieb beim Anblick seiner entrüsteten Visage tatsächlich das Lachen im Halse stecken.

Jochen sah überrascht zu uns herüber, er hatte wohl Angst, dass wir wieder munter wurden. »Ich mach gleich Schluss!«, rief er fast verzweifelt.

»Also, was ist, schlagen Sie ein?«, drängte Marc.

In der Stadt, in der ich wohne, sind etwa fünfhunderttausend Menschen beim Einwohnermeldeamt gemeldet, von denen die meisten sicher still und unauffällig vor sich hinleben, ohne dass etwas Einschneidendes ihren Alltag in Unordnung bringen würde. Vielleicht lässt sich der eine oder andere scheiden, schlägt seinen Hund oder ist als Falschparker in Verruchtheit gekommen oder, oder, oder. Aber ausgerechnet ich musste dem hirnverbranntesten Menschen dieser Stadt begegnen, der von sich behauptete, tot zu sein, während wir, keinen halben Meter voneinander entfernt, munter ein Gläschen nach dem anderen leeren. Welch ein Quatsch, auf so einen Blödsinn überhaupt einzugehen!

Schon reichte ich ihm siegessicher die Hand und besiegelte damit förmlich den Wetteinsatz. Vieldeutig grinsend zog Marc ein Handy aus der Tasche und wählte hektisch die Nummer des Taxiunternehmens, dessen Werbetafel an der Kneipenwand hing. Es dauerte nicht lange, bis ein dunkelhäutiger Mann mit einem Turban auf dem Kopf knarrend die Pendeltür öffnete. »Wer hat Taxi bestellt?«, murmelte er in die bläulich gelben Rauchschwaden hinein, aus denen ihn die mühsam aufgerissenen Augen der Anwesenden anstarrten.

»Moment!«, rief ihm Marc zu und rappelte sich, ohne sich um die Zeche zu kümmern, kerzengerade auf, um dem Chauffeur zu folgen.

Ich sehe noch den dämlichen Ausdruck in Jochens Gesicht, als ich ihm lachend zurief: »Geht schon in Ordnung, der Deckel wird morgen bezahlt, von wem auch immer!«

Das Weiße in den Augen des dunkelhäutigen Turbanträgers leuchtete irritiert auf, als er sich zu uns in den finsteren Fond umdrehte, und er wiederholte vorsichtshalber noch einmal das Ziel, das Marc ihm eine Sekunde vorher mit unverschämt gruselig geschnittener Grimasse zugeraunt hatte. »Nordfriedhof.« Nun war es wirklich keine angemessene Uhrzeit mehr, zu der sich zivilisierte Menschen (eine knappe Stunde nach Mitternacht, wie die grell leuchtende Uhr neben dem Taxameter anzeigte) zum Friedhof kutschieren lassen. Vor allem nicht, wenn man ihren penetranten Alkoholfahnen entnehmen konnte, dass ihr dortiger Besuch zumindest gegen jede gute Sitte verstieß. Aber im gleichen Augenblick brauste der cremefarbene Mercedes auch schon durch die schwülwarme Augustnacht in Richtung Nordfriedhof.

Über uns stülpte sich eine märchenhafte Kulisse wie aus 1001er Nacht. Zwischen unzähligen glitzernden Lichtpunkten am tintenschwarzen Himmel leuchtete der Mond wie ein zum Bersten aufgepusteter gelber Luftballon. Ich hatte einige Mühe, dem großen, hageren Mann zu folgen, der trotz seines Alkoholkonsums schnurstracks und mit Riesenschritten über die knirschenden, von der gelben Säufersonne beschienenen Kieswege zwischen den Grabreihen dahin huschte.

»Die Toten laufen uns nicht weg, Marc«, versuchte ich zu scherzen, doch er warf mir nur einen vorwurfsvollen Blick zu. In der Hoffnung, jederzeit wieder abhauen zu können, drehte ich mich zum Eingang um, ob vielleicht dort noch der Taxifahrer wartete. Aber im matten Zwielicht erkannte ich gerade noch den hell glänzenden Turban, der über dem schokobraunen Gesicht des Inders zu schweben schien, und wie dieser in der Dunkelheit verschwand. Dem waren seine Fahrgäste sicher auch nicht ganz geheuer gewesen.

Als ich mich wieder geradeaus wandte, hatte ich Marc für einen Moment aus den Augen verloren. Erst nachdem ich angestrengt in die Nacht blinzelte, sah ich ihn an einem Grabstein stehen. Hektisch winkte er mir zu. Ehrlich gesagt, mir war es zu diesem Zeitpunkt schleierhaft, warum er mich zu dieser Stunde hierherführte.

»Was sollen wir hier?«, fragte ich ihn.

»Hier ist der Beweis für meinen Wettsieg«, antwortete er wie selbstverständlich.

Ungläubig sah ich abwechselnd zu ihm und zu dem Grabstein, auf den er deutete. »Lesen Sie, was dort steht!«

Ich beugte mich hinunter, sodass ich die Inschrift im Mondschein einigermaßen gut erkennen konnte. Dort stand:

Hier ruhen in Frieden

Jacqueline Levante *10.08.1969 – †14.12.2003

Marc Levante *24.02.1965 – †14.12.2003

Dass ich einigermaßen perplex war, kann wohl jeder verstehen, und es brauchte eine Weile, bis meine grauen Zellen trotz meines Rausches im Begriff waren, langsam ratternd logische Überlegungen anzustellen. »Das kann doch jeder behaupten, da unter der Erde zu liegen«, sagte ich schließlich trotzig, aber nicht gänzlich überzeugend. »Lassen wir es gut sein, Marc, oder wie Sie wirklich heißen. Ich übernehme freiwillig den Deckel, und jetzt lassen wir uns von dem Schlangenbeschwörer wieder zu Jochen fahren, okay? Vielleicht hat er seine Pinte noch offen, oder wir zwei Hübschen finden sonst wo ein lauschiges Plätzchen, wo wir gemütlich den Rest der angebrochenen Nacht bei einer organisierten Flasche Weingeist verbringen können.« Mir wurde die Angelegenheit zu heikel, und ich wollte so schnell wie möglich wieder unter lebende und fröhliche Menschen und weg von dem schauderhaften nächtlichen Friedhof und seiner bedrückenden Grabesstille. Wer wusste es schon, vielleicht hatte ich es mit einem unberechenbaren Irren zu tun?

Während ich grübelte, wie ich Marc von seinem angeblichen Grab und dem der Frau loseisen konnte, sank dieser, begleitet von einem gotterbärmlichen Schluchzen, völlig überraschend auf die Knie und hielt sichtlich derangiert und jammernd die Hände vor die Augen. »Ich bin nicht nur tot«, stotterte er herzerbarmend, »nein, ich bin auch ein Mörder.« Und nach einigen Seufzern klagte er noch: »Seit Kurzem weiß ich gewiss, dass ich ein toter Mörder bin.« Dann stockte er kurz, und plötzlich sagte er völlig gefasst und wie verwandelt: »Und bald bin ich ein toter Selbstmörder.«

Jetzt wurde mir das alles doch zu albern. Ich selbst habe im Rausch schon so manchen Blödsinn verzapft, aber das hier ging zu weit. Und außerdem: Tote weinen nicht!

»Wollen wir das Spiel nicht endlich beenden, Marc?«, fragte ich, bemüht, ihn nicht unnötig zu reizen. Doch er sah mich nur mitleiderregend an und ließ es geschehen, dass ich ihn hilfreich unter dem Arm fasste, um ihn wieder sicher auf die Füße zu stellen.

Nachdem er sich den Dreck von den Hosenbeinen geklopft hatte, kramte er mit der Hand in der Innentasche seines Jacketts, zog seine Brieftasche heraus und hielt mir demonstrativ einen Ausweis vor die Nase. Das Foto zeigte einen wesentlich jüngeren Mann von einer reinen, markanten Physiognomie. Kein Vergleich mit dem entstellten Gesicht, welches mich gerade herausfordernd anglotzte. Aber das dort eingetragene Geburtsdatum und der Name stimmten mit dem auf der Grabsteininschrift tatsächlich überein. Ich wusste nicht, was ich davon halten sollte. Es war einer dieser Momente im Leben, wo man sich wünscht, gekniffen zu werden, damit man sicher ist, nicht zu träumen.

»Ist das Ihre Frau?«, fragte ich ihn, vor Spannung bis in die Haarspitzen elektrisiert, und wies einigermaßen verunsichert auf den Grabstein.

»Sie war meine Frau.« Geistesabwesend steckte er seinen Ausweis in die Tasche zurück. Beinahe hyperventilierend öffnete er sein Hemd, sodass ich im fahlen Licht des Mondes seinen entblößten Brustkorb voller Narben erkennen konnte, der sich unter den hervorstehenden Rippen wie ein hastig pumpender Blasebalg rhythmisch dehnte und wieder zusammenfiel, wobei sein Atem pfiff und rasselte. Oje, das jammervolle Bild vor mir litt vor Erregung größte Atemnot.

»Sind Sie verheiratet?«, keuchte er dazwischen.

»Nein«, sagte ich.

»Hm.«

Mich überraschte, dass er schlagartig ruhiger wurde. »Haben Sie schon einmal eine Frau geliebt? Ich meine nicht so geliebt, wie man liebt, wenn man einfach so dahinsagt, dass man liebt. Ich meine wirklich geliebt, dass man alles dafür täte, den anderen für immer glücklich zu machen, dem man auch alles verzeihen würde?«

Konsterniert, aber ohne lange zu überlegen erwiderte ich: »Ja, ich liebe auch. Ich habe auch jemanden, den ich so liebe.« Und um meine Antwort zu bekräftigen, nickte ich ihm zu.

»Dann sind Sie auch so ein Egoistenschwein wie ich«, lachte Marc, und dieses Lachen hatte in der hysterischen Steigerung geradezu etwas Teuflisches. Ohne einen Einwand meinerseits abzuwarten, resümierte er japsend weiter, dass die Liebe zu einem anderen Menschen immer nur egoistische Eigenliebe wäre. Und dass sich erst in der Enttäuschung zeige, ob man bereit war, wirklich liebend zu verzeihen.

»Aber wehe dem Partner, wenn dies nicht so ist«, lallte er, »dann wird aus der großen Liebe reiner Hass. Hass, der tötet!« Wieder schluchzte er auf. Es fiel ihm schwer zu sprechen, seine Zunge klebte am Gaumen.

O Gott! Auf was hatte ich mich da eingelassen? Sollte ich zu ihm gehen und ihn trösten? Doch seine Worte hielten mich zurück. Dabei hielt er die Hände gefaltet wie jemand, der vor dem Himmel und der Welt große Abbitte zu leisten hatte.

»Ja, Hass tötet!« Seine Stimme überschlug sich. »Es reicht schon, wenn man es in Gedanken tut! Hass tötet zuerst in den Gedanken, mein Freund. In Gedanken sind wir alle Mörder! Schau mich an! Schau mich ruhig genau an! Vor dir steht einer, der es nicht nur in Gedanken getan hat. Drei Menschen habe ich auf dem Gewissen! Ich habe das, was ich liebte, aus Liebe umgebracht. Und morgen ... morgen werde ich mich umbringen, weil ich mich dafür selbst nicht mehr lieben kann.«

Dass er mich plötzlich duzte, machte mir nichts aus, aber ich verstand nichts mehr. Ich verstand ihn und die Welt nicht mehr. Noch vor wenigen Stunden wollte ich mir zum wohlverdienten Feierabend in meiner Stammkneipe nur einen kleinen Absacker genehmigen, und wenig später befand ich mich mit einem mir fremden Mann auf dem Nordfriedhof mitten in der Nacht an einem x-beliebigem Grab, auf dessen Grabstein sein Name und angeblich der seiner Frau verewigt waren. Sicher ein Verrückter, der mir weismachen wollte, nicht nur der Mörder seiner Frau zu sein, sondern dass er selbst im Grab neben ihr liegt und er sich jeglichem Verstand zum Trotze noch einmal umbringen wollte. Der Kerl musste verrückt sein. Aber als ebenso verrückt empfand ich es, dass alles so klang, als wäre es das Selbstverständlichste von der Welt, Zufallsbekanntschaften intimste Dinge mit weitreichenden Folgen auszuplaudern.

»Warum erzählen Sie mir das alles? Wollen Sie sich mit mir einen Spaß erlauben, oder ist das Ihre Art, damit fertig zu werden, besoffen zu sein?« Ich drehte mich um, festentschlossen, ihn auf der Stelle alleinezulassen.

»Warten Sie«, rief er mir hinterher. Schon spürte ich seinen festen Griff auf meiner Schulter.

»Gehen Sie jetzt nicht«, flehte er mich wie ein ängstliches Kind an, das sich in einem finsteren Wald verirrt hat.

Ich blieb stehen und bat ihn energisch, mir auf der Stelle zu sagen, was er von mir wollte, bevor ich auch nur ein Wort mit ihm weiterreden würde.

»Was ich will? Können Sie das nicht verstehen? Wollen Sie nicht begreifen, dass ein Mensch, der so viel Schuld auf sich geladen hat wie ich, sich kurz vor seinem Tod durch eine zwischenmenschliche Aussprache von dieser Last befreien will? Ich habe gleich gesehen, dass Sie ein anständiger Kerl sind. Das sagt mir meine Menschenkenntnis. Sie können zuhören, das sieht man Ihnen an, von Ihrer Sorte gibt es nur wenige. Und Sie brauchen nichts weiter zu tun, als mir nur zuzuhören.«

Ich spürte natürlich, dass mir hier eine arme Kreatur gegenüberstand, die mit dem, was sie Schuld nannte, nicht mehr fertig wurde. Der schlaksige Mann war zu einem Häufchen Elend zusammengeschrumpft, so als sei jegliche Luft aus einer porösen Gummipuppe entwichen.

»Und was ist, wenn ich zur Polizei gehe, Marc?«

Er sah mich nicht sonderlich entgeistert an. Er schüttelte nur versonnen den Kopf und antwortete gelassen: »Was wollen Sie denen denn sagen? Wollen Sie allen Ernstes behaupten, dass Sie einen toten Mörder kennengelernt haben, der sich umbringen will? Nein, nein, mein Freund, wenn Sie Glück haben, lacht man Sie aus, und wenn Sie Pech haben, landen Sie in der Klappse.« Dabei kreuzte er demonstrativ seine fünf gespreizten Finger vor den Augen.

Da war was dran. Ich konnte mich wirklich nur lächerlich machen. Was war auch schon dabei, mir seine Geschichte anzuhören? Und überhaupt, konnte mir dieser Jammerlappen jetzt noch gefährlich werden? Dass ihn das Leben nicht immer freundlich behandelt hatte, war augenscheinlich. Und dass er mich einen anständigen Kerl nannte, brachte zusätzlich eine karitative Seite in mir zum Wohlerklingen. Sollte, durfte ich ihn also enttäuschen?

»Marc, hören Sie, was halten Sie davon, wenn wir zu mir gehen? In einer dreiviertel Stunde ist der Weg zu Fuß zu schaffen. Sie werden sehen, die frische Luft wird uns beiden guttun, und eine starke Tasse Kaffee wird unsere sedierten Lebensgeister mit lauten Fanfaren wecken.«

Marc war sofort einverstanden. Und kurz darauf hallten nur unsere Schritte von den grauen, stummen Hauswänden zurück, während über uns blinde Nachtfalter im trüben Schein der Straßenlaternen taumelten.

Der erfrischende Fußweg in leicht kühler Nacht hatte uns bezüglich der Promille, die wir intus hatten, wirklich gutgetan. Wir waren zwar nicht nüchtern, als ich mein Apartment, das ich zu dieser Zeit noch alleine bewohnte, aufschloss, aber rein gefühlsmäßig hätte ich persönlich, ohne mir allzu große Sorgen zu machen, jegliche Polizeikontrolle überstanden, wie ich mir selbst einredete. Dazu trug später auch der heiße Kaffee bei, einer von der schwärzesten Sorte übrigens, den wir pausenlos in uns hineinschlürften. Demgemäß präpariert konnte ich Marc bald darauf aufmerksam zuhören. Und was ich in dieser Nacht von meiner Zufallsbekanntschaft zu hören bekam, sprengte meine bisherige Vorstellungskraft.

Der Unfall

Den vier jungen Burschen in dem klapprigen VW-Bus, die bei waghalsigem Tempo und mit quietschenden Reifen die schmale Gebirgsstraße talabwärts in Richtung Küste brettern, stockt vor Schreck das Blut in den Adern. Der Fahrer hat ohnehin große Mühe, das altertümliche Vehikel spurgerecht durch die enge, rechts von scharfkantigem Fels gesäumte Kurve zu steuern, als ihnen eine lichterloh brennende Gestalt entgegenwankt. Wie von einem Riesen wild durchgeschüttelt, fliegt sämtliches Gepäck und sie selber kreuz und quer zwischen den Sitzen hin und her, als die Rostlaube, beinahe noch von den Schuhsohlen des Fahrers abgebremst, wenige Millimeter vor der im Feuerschein flackernden Erscheinung zum Stehen kommt. Die Besatzung rappelt sich hoch. Mit weit aufgerissenen Augen starren sie durch die Autoscheiben auf die menschliche Fackel. Und gleich darauf sichten sie die Umrisse eines Autos, das ebenfalls von Flammen eingehüllt ganz in der Nähe schräg an einer Felswand hoch steht. Nach dieser Schrecksekunde fliegen scheppernd die Türen des Bullys auf, und schon springen die geschockten Männer heraus. Instinktiv weiß jeder von ihnen, was zu tun ist. Einer drückt auf seinem mobilen Telefon den Notruf. Der zweite kramt aus den Campingutensilien, die in jeder freien Ritze des Wagens verstaut sind, blitzschnell Wolldecken hervor, mit denen die beiden anderen zu der brennenden Gestalt rennen, die sich wild gebärdend und schreiend auf dem Asphalt herumwälzt. Die beherzten Helfer wickeln den Verletzten mit den Decken ein, um die Flammen zu ersticken. Dabei müssen sie aufpassen, damit sie nicht selbst entzündet werden. Während sie mit ihrem umsichtigen Eingreifen tatsächlich die Flammen löschen, beginnt der am Boden Liegende zu wimmern: »Rettet meine Frau, rettet meine Frau! Ich flehe euch an, rettet meine Frau!« Er spricht deutsch, doch allmählich wird seine Stimme schwächer.

Was nun? Die vier Burschen halten irritiert inne. Jetzt vernehmen sie erneut einen Hilfeschrei, oder haben ihre Sinne sie getäuscht? Da, wieder! Er kommt aus Richtung des Unglückswagens. Der mit dem Handy spurtet daraufhin auf das glühende Wrack zu. Doch die Hitze ist so groß, dass er nicht nahe genug herankommt, um erkennen zu können, wer da jammert. Plötzlich verharrt er mit schockstarrem Gesicht. Aus dem zischelnden Prasseln der Glut hört er nun deutliches Stöhnen. Da die Hitze fast unerträglich ist, hält er schützend seine Hand vor Nase und Mund.

»Was machst du denn da, Dede?«, ruft einer aus der Gruppe seinem Kumpel zu. »Komm sofort zurück, oder willst du geröstet werden?«

Mit tränenden Augen und um Luft ringend versucht Dede, gegen das grelle Inferno anzukämpfen. Inzwischen steigt schwarzer, beißender Rauch auf. »Hier ist noch jemand! Ich habe ihn deutlich gehört.« Er lässt sich nicht beirren.

Der Fahrer des Bullys, der am Boden bei dem Eingewickelten kniet, schreit: »Wenn du den hier siehst, dann kann bei dir keiner mehr um Hilfe rufen.« Doch kaum hat er es ausgesprochen, da kriecht eine Gestalt auf allen vieren aus den abziehenden Schwaden hervor. Dede zögert keinen Augenblick, dem Verletzten entgegenzuhasten. Höllenglut umgibt ihn. Aber ungeachtet der eigenen Gefährdung packt er schließlich den von Hustenkrämpfen geschüttelten Verletzten behutsam unter den Armen, und Stück für Stück zerrt er ihn aus dem unmittelbaren Gefahrenbereich. Dede brüllt seinen Freund Julian zu, ihm so schnell wie möglich Trinkwasser zu bringen. Julian, der sich vor lauter Aufregung und Erschöpfung an den Straßenrand gesetzt hat, reagiert unverzüglich. Kurz darauf steht er mit einer Flasche Wasser neben Dede, der sie ihm aus der Hand reißt und dem schrecklich zugerichteten Mann zu seinen Füßen Wasser über die qualmenden Haare gießt. Und tatsächlich, es regt sich Leben in ihm. Beruhigend redet Dede auf ihn ein.

»Wo ist Albert?«, röchelt der Verbrannte mit französischem Akzent.

»Albert geht es gut«, flüstert Dede dem Stöhnenden zu. »Meine Freunde kümmern sich um ihn.«

Das scheint den Geretteten ein wenig zu beruhigen, denn er seufzt erleichtert auf. Dann aber verliert Dede die Fassung. »Wo ist die Frau?«, drängt er den Verletzten zu antworten. »Wenn noch eine Frau im Auto ist, dann wird es allerhöchste Zeit!«

Doch er erhält keine Antwort. »Verstehen Sie mich doch!«, brüllt Dede. »Wo ist die Frau?«

Jetzt scheint der Mann zu begreifen. »Nix Frau! Albert und ich allein!« Nur noch leise kommt der Einwand über seine von der Hitze aufgeplatzten Lippen. Und noch einmal versucht er den Namen Albert auszusprechen, doch die Stimme versagt ihm. Stattdessen richtet er sich, wenn auch mühsam, völlig überraschend auf. Angestrengt blinzelt er die Männer an, die sich in knapper Entfernung über ein längliches Bündel beugen, das einer sorgfältig eingewickelten Mumie nicht unähnlich sieht. »Albert!«, brüllt der Mann mit unmenschlicher Kraft, doch aus der Deckenrolle dringt nur ein ganz, ganz leises Wimmern. Unter Aufbringung seiner letzten Kraftreserven versucht der soeben Gerettete, sich auf die Beine zu stellen, was sich allerdings als vergeblich erweist. Er taumelt, er verflucht Gott und die Welt, und dann stürzt er kraftlos in seine unbequeme Ausgangsposition zurück.

Dede flucht ebenfalls, da er diese aussichtslose Aktion nicht verhindert hat. Denn jede unachtsame Bewegung kann den Zustand des Verletzten bloß noch schlimmer machen. Abgesehen davon, dass dem Verbrannten die Haare bis auf die Schädeldecke abgesengt wurden, zeigen sich alle sichtbaren Hautstellen schwarz verkohlt, und bei näherem Hinsehen wird es Dede speiübel, als er den Unterschenkel des Mannes erblickt, der wegen dessen kurzen Hosen freiliegt. Aus einer weit auseinanderklaffenden, grässlich blutigen Fleischwunde stakt ein weißer, spitzzackig zerborstener Knochen heraus, der aussieht, als hätte man einen staubtrockenen Ast über dem Knie zerbrochen. Dede würgt. Erst als er die Sirenen des Rettungswagens hört, die unterhalb der Serpentinen zur Unfallstelle hochjaulen, huscht Erleichterung über sein vom Speichel und Schweiß nasses Gesicht.

Bald darauf können die jungen Männer aus Niedersachsen, die für drei Wochen an der Côte d'Azur Campingurlaub machen wollen, erleichtert aufatmen. Die Verletzten werden abtransportiert. Und die angebliche Frau? Nein, eine Frau haben sie nicht gefunden! Dede vermutet und spricht es auch aus, dass, wenn sich überhaupt eine Frau im Wagen befunden hat, sie jetzt nur noch Asche ist. Dann ist da nichts mehr zu machen. Für sie gibt es jedenfalls nichts mehr zu tun. Sie setzen sich an den Rand der Straße und lassen ihre Blicke in die Ferne dorthin schweifen, wo sich der Himmel und die Erde zum Horizont vereinen. Ein letzter schmaler, dunkelrot funkelnder Rand der Sonne versinkt am Ende eines heißen Tages wie erschöpft im Meer.

Darin bestand wohl kein Zweifel, auch für die Ärzte der Klinik war es kein alltäglicher Anblick, was sie in der Notaufnahme an multiplen Traumata zu sehen bekamen. So schwere Verletzungen behandelten sie nicht oft. Doch ihre Erfahrungen, ihr Wille zum Helfen und ein gutes Team reichten aus, damit Albert und Pierre, wie die beiden Eingelieferten hießen, nach einer kurzzeitigen Anfangskrise, in der für sie Lebensgefahr bestand, rasche Fortschritte in puncto Genesung machten. Auch die Zeit selbst erwies sich im Nachhinein als durchaus heilsame Medizin.

Monate waren seitdem ins Land gegangen. Die jungen Retter aus Deutschland belebten inzwischen die tristen, kalten Dezembertage daheim im Kreise ihrer Freunde mit der wild ausgeschmückten Story des Sommers in Südfrankreich, als sie mit ihrem VW-Bus haarscharf vor einem brennenden Mann zum Stehen kamen. Und dass es ihnen ganz allein zu verdanken war, dass durch ihr mutiges Eingreifen zwei Menschen diesen Horrorunfall überlebten!

D as ist ein guter Tropfen, Pierre.«

»Habe ich dir schon einmal einen schlechten Tropfen angeboten, Claude?«

»O, weiß Gott, das hast du nicht. Nein, wirklich nicht.«

»Aber ich bin nicht hergekommen, um mit dir Wein zu trinken.«

»Nicht?«

»Nein!«

»Warum dann?«

»Sicher wolltest du mich fragen, wie es mir geht?«

»Natürlich, Pierre. Wie geht es dir?«

»Du siehst selbst, wenn ich einmal sterbe, wird man mich nicht beerdigen, sondern einfach auf den Schrottplatz werfen. Mein Bein besteht doch nur noch aus Metall.«

»Aber dafür brauchst du eine Ewigkeit nicht mehr zum Friseur gehen.«

Claude lacht herzhaft über seinen schlechten Witz. Und als will er sich dafür entschuldigen, streicht er Pierre kameradschaftlich mit der flachen Hand über den weichen, zögerlich nachwachsenden Flaum, der sich lückenhaft auf seinem angeschmorten Schädel breitmacht.

»Wie lange wirst du noch im Rollstuhl sitzen müssen?«

»Zur Zitronenernte werde ich wohl wieder durch meine Plantage gehen können.«

»Also kann ich auch nächstes Jahr mit deiner köstlichen Marmelade rechnen?« Claude schmatzt mit den Lippen. »Ach Pierre, deine Zitronenmarmelade ist die beste der gesamten Küste.« Sein ohnehin breiter Mund verzieht sich zu einem Grinsen, dass es so aussieht, als würden die Ohren Besuch von den Mundwinkeln bekommen. »Was sage ich, die beste der Welt!«

Ohne auf dieses Kompliment einzugehen, sieht Pierre besorgt zur Türe. »Trink aus und gib mir den Becher!«, fordert er Claude stattdessen auf.

Der verzieht die Brauen, und mit einem genüsslichen Ausdruck im Gesicht führt er den Becher an seine monströse Nase. »Nun mal langsam, alter Freund, der wird doch nicht gleich zu Essig, wenn ich mir ein wenig Zeit lasse, ihn zu genießen.«

Pierre schaut verärgert drein. »Mach schon! Gib mir den leeren Becher, bevor die Schwester hereinkommt. Es würde nicht gut aussehen, ein Gendarm in Uniform, der sich mit einem Patienten betrinkt.«

Claude nimmt einen beherzten letzten Schluck und tut, wie ihm geheißen. »Um auf die Zitronenernte zurückzukommen, Pierre, dein deutscher Freund Albert war dir sicherlich immer eine große Hilfe?«

Pierre, der die Trinkgefäße und den Wein im Nachtschrank verstaut hat, lässt sich aufseufzend in den Stuhl zurücksinken. »O ja!« Auf seinem Gesicht erwacht ein Strahlen.

»Ohne Albert hätte ich den kleinen Betrieb längst einstellen müssen.«

»Wie und wann ist er zu dir gekommen?«

Pierre rückt das arg zugerichtete Bein in eine bequeme Lage, bevor er Claude antwortet. »Tja, was soll ich sagen, er tauchte damals kurz nach dem Tod meiner Frau wie aus dem Nichts auf. Da ich mit Julie alleine da stand, kam er tatsächlich wie ein rettender Engel. Quasi von der Straße, oder besser gesagt vom Strand, da habe ich ihn aufgelesen.«

Claude steht von dem unbequemen Holzstuhl auf, kratzt sich nachdenklich am Hinterkopf. Seine Haltung hat etwas Amtliches eingenommen, als er nachdenklich zum Fenster schreitet. Sein Blick fällt auf die menschenleere Promenade, die in der nassgrauen Dezemberluft den sommerlichen Zauber verloren hat. Es scheint, als hätten die unzähligen Touristen bei ihrem Abschied wie gemeine Diebe das lebensfrohe Herz des Südens heimtückisch gestohlen, um damit daheim an kalten Wintertagen die Erinnerungen an eine fröhliche Ferienzeit zu beleben. Abrupt wendet er sich um. »Du weißt, dass ich von Anfang an beide Augen zugedrückt habe. Albert hat sich nie polizeilich angemeldet, und du hast ihn illegal beschäftigt.«

Pierre macht sein bekanntes süß-säuerliches Zitronengesicht. »Raus mit der Sprache, was willst du wirklich von mir, Claude?«

In dessen Miene spiegelt sich eine amtliche Gleichgültigkeit, die ihm vielleicht von den vielen Dienstjahren als Ausdruck seiner Routine wie ein behördlicher Stempel ins Gesicht aufgedrückt wurde und die er, wann immer er will, auf Kommando abrufen kann, selbst wenn es sich bei seinem Gegenüber um jemanden handelt, dessen Freundschaft zu ihm ebenfalls schon einige Jährchen anhält. Ohne gleich zu antworten, tritt er wieder ans Krankenbett, vor dem Pierre in seinem Rollstuhl unruhig hin und her rutscht. Claude lässt ihn nicht aus den Augen, als er sich einen Stuhl zurechtrückt. Lauernd setzt er sich so dicht an den verwundert Dreinschauenden, dass ihr Atem zu einem wird.

»Was weißt du eigentlich von Albert?«

Pierre starrt immer noch verwundert in das plötzlich schroffe Gesicht des Gesetzes. »Was soll das, du weißt am besten, dass ich alles zu dem Unfallhergang ausgesagt habe. Die Bremsen haben versagt. Mich trifft keine Schuld! Und dass ihr mir keine Blutprobe entnommen habt, ist eure Sache. Merci Beaucoup!«

Claude treten Schweißperlen auf die Stirn. Zusehends wird es ihm unangenehmer, seinen alten Freund vernehmen zu müssen. Verlegen wirft er seine Dienstmütze auf das Bett und fährt fahrig mit der Hand durch das volle, lockige Haar. »Verdammt Pierre, mach es mir doch nicht so schwer, ich tue auch nur meine Pflicht. Die Krankenhausverwaltung ist wegen der Kostenübernahme von Albert an uns herangetreten.

Seine aufwendige Behandlung hat einen ordentlichen Batzen verschlungen. Und wie du weißt, liegt er immer noch in einer Spezialklinik für Verbrennungsopfer. Außerdem ist nicht viel aus ihm herauszubringen. Er weiß nichts mehr von dem Unfallhergang. Er kennt nicht seinen Namen, er weiß nicht, wie er nach Frankreich gekommen ist, und von einem Pierre hat er noch nie gehört. Stattdessen behauptet er felsenfest, mit seiner Ehefrau und einem ihm fremden Mann im Auto gesessen zu sein, und er ist überzeugt davon, dass seine Frau durch seine Schuld in den Flammen umgekommen ist. Also, Pierre, mein Freund, ich frage dich noch einmal als Amtsperson: Ist Albert Mertin sein richtiger Name, und kommt der Mann wirklich aus Deutschland?«

Pierre öffnet nachdenklich den Nachtschrank und entnimmt diesem die angebrochene Flasche Wein, um sich den Becher erneut randvoll zu füllen. Claude beobachtet ihn streng dabei. Ihm entgeht nicht, dass die Hand seines Freundes zittert. Sie zittert so stark, dass der Becher nicht ganz den Mund trifft und ein Teil des Rotweins von den Lippen herab über den hellen Freizeitanzug kleckert. Doch Pierre stört das nicht. Er trinkt den Becher bis zum letzten Tropfen leer. Stumm schaut er mit glasigen Augen durch den Gendarm hindurch. Sein verklärter Blick schweift hinaus aus dem Fenster, bis er sich irgendwo im Grau der Ferne verliert. Als Claude ihn anspricht, fährt er zusammen, so als habe ihn ein Gespenst erschreckt.

»Nimm es nicht so schwer, Pierre, vielleicht klärt sich bald alles von selbst. Die Ärzte sprechen von einer besonderen Art der Amnesie. Es kann durchaus sein, dass sich dein Albert, oder wie immer er heißt, in Kürze wieder daran erinnert, wer er ist und wo er herkommt!«

Wortlos greift Pierre zum zweiten Becher, füllt auch diesen und reicht ihn lächelnd Claude. »Hier, du alter Haudegen, trinken wir auf uns und auf Albert Mertin, für den ich mit meinem letzten Tropfen Blut bürge!«

Déjà-vu-Erlebnis

Etwa zur gleichen Zeit stand in einem ähnlich aussehenden Krankenzimmer, so wie sich alle Krankenzimmer irgendwie ähneln, ein arg zugerichteter Mann in der engen Waschnische vor dem Spiegel. Er versuchte, ein ihm vertrautes Mienenspiel aus dieser grauenvoll verunstalteten Fratze herauszulesen. Stattdessen glotzte ihn auf beinahe verhöhnende Art ein völlig Fremder an. Seine Erinnerungen waren wie ausgelöscht. Keine Spur von Vergangenheit las er aus seinen hässlichen Narben. Kalt, fremd und abstoßend, so konnte man das Gefühl beschreiben, das der Anblick in seiner Seele auslöste. »Albert Mertin«, flüstert er zum wiederholten Male, als hoffe er, dass durch die stetige Aussprache dieses Namens der träge, alles verhüllende Nebel in seinem Hirn vertrieben würde, der jegliche Erinnerung an sein früheres Leben gefangen hielt. »Albert Mertin. Albert Mertin. Albert Mertin.«

Der Mann in der Waschnische war verzweifelt. Mit der bloßen Faust schlug er in sein Spiegelbild. *Wer bist du?* Auch der Name klang fremd in seinen Ohren. Er klang für ihn so, als habe er zufällig von ihm gehört. Mitunter geschah es sogar, dass er gar nicht reagierte, wenn ihn die Ärzte oder Schwestern unvermittelt mit Monsieur Mertin ansprachen.

Wer war er? Wo versteckte sich seine gelebte Vergangenheit? Und wer war dieser mysteriöse Albert Mertin?

Vor einiger Zeit war ihm sein Erwachen aus dem künstlichen Koma wie eine Geburt gewesen. Die Wiedergeburt nach einem langen, langen Schlaf, der, so kam es ihm jedenfalls vor, eine Ewigkeit angedauert hatte. In einer unbekannten Welt erwacht, fühlte er sich wie ein Säugling mit der Vita eines Erwachsenen. War es nicht so?

Ja, so hatte er es empfunden! Dass er kein Säugling war, zeigten ihm allerdings die schrecklichen Traumbilder, die ihn in den schlaflosen Nächten überfielen. Bilder aus einem anderen Leben, mit denen er nichts anzufangen wusste. Nur ein Spuk oder gelebte Realität? Dass er einen Unfall gehabt hatte, war ja nicht zu übersehen. Man sagte, er wäre zusammen mit seinem Freund, einem gewissen Pierre, aus den Bergen gekommen und auf dem Weg nach Menton gegen einen Felsen geprallt, und der Wagen hätte sofort Feuer gefangen. Aber durch das rigorose Eingreifen mehrerer deutscher Touristen waren er und dieser Pierre glücklicherweise gerettet worden. Doch er spürte, dass diese Schilderung nicht die ganze Wahrheit sein konnte. Ein ungewisses Aufbäumen seiner sich dagegen sträubenden Gefühle signalisierte ihm, dass es da noch andere Zusammenhänge gab. Wie mochte er sich sonst die quälenden Scheinvorstellungen erklären, die sich jedes Mal, wenn er die Augen schloss, im Geiste zeigten? Dieser Albtraum war ein beschissener Albtraum. Er kam vor allem bei Nacht wie ein Ungeheuer angeschlichen, um ihm, im Traum gefangen, all die Horrorbilder zu zeigen.

Eine Frau steuert einen rasch dahinbrausenden Wagen. Daneben sitzt ein Mann. Ein weiterer befindet sich auf der Rückbank. Der im Fond scheint eine Pistole in der Hand zu halten. Plötzlich entsteht zwischen den Männern ein Handgemenge. Das Auto rast wie ein abgeschossener Pfeil eine Böschung hoch. Es überschlägt sich. Die hinteren Türen springen krachend auf. Einer der Männer wird in weitem Bogen herausgeschleudert. Blech zerschellt explodierend an einem Brückenpfeiler. Hinter zerberstenden Scheiben zucken für wenige Augenblicke zwei eingeklemmte Menschen im Flammeninferno. Unweit entfernt steht eine erstarrte Erscheinung und schreit den Namen der Frau: »Jacqueline!«

Wer war Jacqueline? War er der Mann, der nach ihr rief? Und wer war jener, der neben der Frau in den Flammen umkam? Hatte man ihm nicht gesagt, dass nur dieser Pierre mit ihm im Auto gesessen und auch gerettet worden war? Dieser andere Mann war für ihn nicht mehr als ein tiefschwarzer Punkt im Gedächtnis, wo eigentlich bunte Bilder des Lebens Zeugnis davon abgeben sollten, was er mit ihm wirklich zu tun hat. Welcher Teufel wollte ihn narren? Trotz seiner Erinnerungslücke spürte er, dass Mächte in ihm waren, die außerhalb der menschlichen Existenz handelten. Da gab es keinen Zweifel, denn er hörte ihre Stimmen in seinem Kopf. Manchmal redeten sie sogar durcheinander. Die eine Stimme machte im Vorwürfe, sie sprach ihn schuldig, aber er wusste nicht, für was. Und dann gab es noch die andere, die ihn wegen seines schlechten Gewissens auslachte. Gab es im Angesicht seines Leidens doch den zornigen Gott, der ihn für eine böse Tat bestrafte? Jedenfalls schoss ihm in seinem Zweifel die Frage nach Gott regelrecht ins Gehirn, so als suche ein Forscher mit hell erleuchteter Taschenlampe in einer finsteren Gruft nach einem verborgenen Schatz.

Während er sich im Spiegel betrachtete, schienen seine Augen hinter der entstellten Hülle seines menschlichen Körpers nach seiner schmerzlich vermissten Seele zu suchen. Aber er fand in seinem leeren Inneren nur Sekundenblitze einer flammenden Hölle. O nein, das war nicht Gott, der sich ihm da offenbarte, das war der Teufel, der zwei Menschen im glühenden Feuer fraß!

Es klopfte einmal kurz und zaghaft an der Türe, wobei sie gleichzeitig schwungvoll geöffnet wurde. Zutiefst verunsichert wurde der Mann aus seinen Gedanken gerissen. Er glich einem gehetzten Tier, das von einem imaginären Jäger verfolgt wurde und nun wie paralysiert verharrte. Noch konnte er nicht erkennen, wer hereingekommen war. Doch nun hörte er die ihm vertraute, samtweiche Stimme der Stationsschwester.

»Sie haben ja wieder nichts gegessen, Monsieur Mertin, wollen Sie nicht so schnell wie möglich gesund und kräftig werden?«

Der Mann trat zögerlich ins Krankenzimmer. Er hatte Mühe, sich zu beruhigen, der Schreck ließ seine Nerven vibrieren. Irritiert sah er im Raum umher, als ihm bewusst wurde, dass er gemeint war.

»Beruhigen Sie sich, Herr Mertin! Sie zittern ja.« Ein verlegendes Lächeln spannte die dünne Haut seines rosaledernen Gesichtes, als er die Schwester bewusst wahrnahm. Jetzt freute er sich sogar, sie zu sehen. Er freute sich jedes Mal, wenn er die attraktive junge Frau sah. Ihr Anblick löste ein unbestimmbares Wohlgefühl in ihm aus. Er war immer wieder wie ein freundlich vertrautes Déjà-vu-Erlebnis. Manchmal hatte er den Eindruck, als blitzte aus ihren Augen ein vages Stück Erinnerung. Irgendwann einmal im Leben mussten ihm diese faszinierenden Augen, dieser verführerische Mund und diese ganze wohlproportionierte weibliche Gestalt sehr, sehr nahegekommen sein. Sie war der Typ Frau, die in jedem Mann Begierden nach körperlicher Liebe und Sehnsüchte nach einem romantischen Abenteuer entfachte. Angefangen von ihren schlanken, sehnigen Fesseln bis hin zum dunklen Ebenholzhaar, welches sie neckisch unter ihr weißes Häubchen gebunden hatte, verkörperte sie das, was den Süden, die Sonne und das Meer mit all der ungezwungenen, freudig leichten Lebensweise auf ideelle Weise ausmachte.

»Sagen Sie«, Alberts Stimme klang recht provokant, »können Sie sich vorstellen, mit mir auszugehen? Ich meine, wenn meine Wunden verheilt sind und ich wieder kräftig und gesund bin, wie Sie es nennen?«

Ohne aufzusehen, räumte die Schwester das unangetastete Geschirr auf ein Tablett, und in dem ihr eigenen fürsorglichen Tonfall erwiderte sie: »Werden Sie erst richtig gesund und essen sie tüchtig, sonst muss ich die Ärzte informieren.«

Der, den sie Albert Mertin nannten, stand nun dicht vor ihr.

»Sehen Sie, Sie können es sich nicht vorstellen.« Albert Mertin lachte zynisch auf. »Niemals wird eine Frau mit mir Zombie ausgehen wollen. Verstecken muss ich mich von nun an, um ja keinen Straßenköter zu verschrecken, warum also soll ich gesundwerden?«

Eine Spur von jungfräulichem Rouge huschte über ihr makelloses Madonnengesicht. Sie blickte ihn unverwandt an. Man konnte ihr ansehen, dass sie nach Worten suchte. Und dann sagte sie: »Weil das Leben für Sie noch viele schöne Dinge bereithalten wird. Eines Tages werden sich innere Kraft, Zuversicht und Selbstliebe in Ihrem Äußeren widerspiegeln, sodass kein Mensch mehr auf der Welt auf Ihre Narben achtet. Und außerdem gibt es jemanden, der an Sie denkt und dem Sie anscheinend jetzt schon sehr viel bedeuten!« Dabei zeigte sie mit dem Finger auf ein Glas, an dem ein Zettel befestigt war, das sie beim Eintreten beiläufig auf den Tisch abgestellt hatte. Mit einem verschmitzten Lächeln, wie es nur da Vinci bei seiner Mona Lisa verewigen konnte, war sie im Begriff, den Raum ebenso schwebend zu verlassen, wie sie hereingekommen war.

»Halt«, ruft er ihr nach, »noch eine Frage! Wie werden Sie von Ihren Freunden genannt?«

Etwas verlegen schaut sie über die Schulter. »Geraldine. Sie nennen mich Geraldine.«

Er zuckt kurz zurück, und während sich die Türe hinter ihr schließt, schreit die fürchterliche Stimme in seinem Kopf: *»Geraldiiine!«*

Noch benommen von dieser Sinnestäuschung, ging er neugierig geworden zum Tisch, um sich das Glas näher anzusehen und vor allem, was es mit dem Zettel auf sich hatte. Er hob es auf und drehte es vor seinen Augen hin und her. Das Glas mit der Aufschrift *Citronconfiture* kam ihm bekannt vor. Solch eines musste er in der anderen, in der gelebten Welt schon etliche Male in der Hand gehalten haben. Er drehte und wendete es erneut, schraubte den Deckel ab, tauchte einen Finger in die klebrige Fruchtmasse hinein und leckte diese genüsslich ab.

So wie Düfte Erinnerungen weckten, so konnte vielleicht auch eine altbekannte Nuance, die man auf der Zunge schmeckte, vertraute Geister der Vergangenheit ahnungsvoll befreien. Bedächtig verschraubte er das Gefäß wieder, entfernte den Zettel und setzte sich auf den Stuhl, um ihn in aller Ruhe zu lesen. Gott sei Dank, das Lesen hatte er nicht verlernt.

Mein armer stummer Pirol, es wird nicht mehr allzu lange dauern, dann kommst du zurück zu mir nach Hause. Dort werde ich dich endlich aus deinem Käfig befreien, und im Frühjahr geht es wieder an die Arbeit; unsere Bäume warten schon. Also bis bald im Zitronenhain, und lass es dir schmecken. Keiner hat je so gute Confiture gemacht wie du. Dein Pierre!

P.S.: Auch Julie lässt dich herzlich grüßen.

»Pierre, Pierre, Pierre, wieder dieser ominöse Pierre!« Albert rieb sich mit den Fingerspitzen die Schläfen, so als riebe Aladin an der Wunderlampe, um den Geist zu befreien, damit er endlich kam, um für ihn dienstbar zu sein. »Wer ist dieser Pierre, und wer ist Julie?«, brummelt er vor sich hin. »Und was hat es mit den Zitronenbäumen und der Konfitüre auf sich?«

Erneut öffnete er das Glas, hielt es dicht an die Nase, schloss die Augen und atmete tief den aromatischen Duft ein, der ihn augenblicklich sanft verzauberte, und mit zaghaften Schritten führte er ihn auf geheimnisvollem Wege in den letzten Sommer, in die ferne Vergangenheit. Lange Baumreihen sah er. Dazwischen auf schmalem Pfad gingen zwei Schatten, die trugen schwere Körbe gefüllt mit Zitronen. Er hörte imaginäres Gelächter und die Gestalten zeigten sich ihm in ihrer Ausgelassenheit wie Kinder. Ein Pirol saß im sattgrünen Laub und sang seine bekannte Weise. Einer der beiden Schatten wies nach oben und sagte: »*Er tröstet dich, hörst du, er tröstet dich!*« Die Luft pulsierte voll von prallem Leben, dass man das Glück schier eimerweise saufen könnte. Eigentlich war doch alles herrlich, er lebte in Frankreich, in dem Land, wo auch Gott seit Urzeiten lebte. Dieser Spruch fiel ihm ein.

Vielleicht wäre er auf dem süßen Wege der Erinnerung recht bald ans Ziel gekommen, wenn sich ihm nicht, als er gerade die angenehme Wärme des Wohlbekannten spürte und ahnte, eine Last zentnerschwer auf die Brust gelegt und ihm den Atem genommen hätte. Nach Sauerstoff ringend sprang er auf, sodass der Stuhl polternd zurückfiel. Mit drei Sätzen war er beim Fenster. Weit riss er es auf und sog gierig die einströmende frische Luft eines milden Winters ein, die nach dem Salz des Meeres roch und ihn zurück ins Hier und Jetzt stieß.

Eine unverhoffte Begegnung

Was für ein schöner alter Brauch, wenigstens einmal im Jahr am Totensonntag der Verstorbenen zu gedenken. Auf dem Nordfriedhof war dementsprechend reger Betrieb an diesem ungemütlichen Spätnachmittag. Angehörige, zum größten Teil mit aufwendigen Gestecken in den Händen, liefen oder gingen gemäßigten Schrittes zu den Gräbern. Mit gesenkten Köpfen verweilten sie einen kurzen Augenblick dort und verschwanden wieder. Vielleicht weil der kühle Ostwind sie rasch vertrieb, es konnte aber auch sein, dass die Zwiesprache mit den Toten aus Mangel an Gesprächsstoff einen längeren Aufenthalt an den Trauerstätten begrenzte.

In einer der obersten Reihen des am Hang gelegenen, parkähnlich angelegten Friedhofs, am Grabstein 47 mit der Aufschrift

Jacqueline Levante *10.08.1969 – †14.12.2003
Marc Levante *24.02.1965 – †14.12.2003

verweilte eine Frau, die man aufgrund ihrer gesamten äußeren Erscheinung als eine wohlsituierte Dame bezeichnen konnte. Sie trug einen sicherlich sündhaft teuren, fast knöchellangen Pelzmantel, und ihr Haar wurde von einem pfiffigen Nerzkäppchen bedeckt. In der linken Armbeuge hielt sie galant ein Krokotäschchen, mit der rechten Hand legte sie gerade ein schlichtes, mit Moos dekoriertes Kreuz gegen den

Grabstein. Man hätte nicht genau bestimmen können, was eisiger war, der zugige Ostwind oder ihr frostiger Gesichtsausdruck. In dem ansonsten liebreizenden Gesicht verzog sich der verhärmte Mund zu einem verbissenen Strich unter dem von der Kälte rot gefärbten Näschen. Der Wind wehte ihr dabei von hinten das sorgsam aufgesteckte brünette Haar kraus unter dem Hütchen hervor. Auch sie schien sich mit jenen dort Bestatteten zu unterhalten, aber ihre Mimik verriet innerliche Verachtung. Lag gar eine Spur von Schadenfreude darin? Man hätte glauben können, dass an diesem Ort, wo eigentlich Pietät den Vorrang haben sollte, eine stille Beschimpfung derer stattfand, die wegen irgendeines schlimmen Schicksalsschlages viel zu früh nicht mehr unter den Lebenden weilten.

Sie war so intensiv ins stumme Gespräch vertieft, dass sie zunächst nicht mitbekam, wie sich eine weitere Frau nicht unweit dieses Geschehens hinter einer breiten Thuja versteckte, sodass sie dennoch die andere an der Grabstätte stets im Sichtfeld hatte. Auch sie mochte, ähnlich wie die Pelzträgerin, Ende dreißig, Anfang vierzig gewesen sein. Und sie war, schaute man genauer hin, ebenso hübsch, aber wesentlich kleiner, fast ein wenig pummelig. In der schlichten weiten, braunen Steppjacke, die sie trug, wirkte sie mit der übergezogenen Kapuze wie ein kleiner, tapsiger Teddybär. Sie machte den Eindruck, als würde es ihr nicht sonderlich viel ausmachen, beim Detektivspiel eventuell von den Friedhofbesuchern beobachtet zu werden. Konzentrierte sie sich doch gänzlich auf das Tun der von ihr ins Visier genommenen Frau.

Jetzt wendete sich die Dame von der Ruhestätte ab. Mit graziler Handbewegung richtete sie sich die gelöste Haarsträhne, um dann den Weg in Richtung Ausgang anzutreten. Dabei musste sie notgedrungen die besagte Thuja passieren, hinter der sich die Lauernde nun noch näher ins immergrüne Geäst drückt.

»Glauben Sie ja nicht, dass ich nicht bemerkt hätte, dass Sie sich vor mir verstecken, meine Liebste.«

Die so Überrumpelte überspielte ihre anfängliche Scheu mit einem resoluten Angriff nach vorne. »Wo ist mein Mann, du Flittchen?«

Die elegante Frau im Pelz zuckte kurz wie elektrisiert zusammen. Doch ihr geradezu aristokratischer Gesichtsausdruck zeugte von unerschütterlicher Beherrschtheit. »Was soll das Theater, was wollen Sie von mir?«

»Na, wie oft musstest du die Beine breitmachen, bis er dir den Fetzen da geschenkt hat, du Schlampe?«

Die Beleidigte verlor ihre bis dahin mühsam aufrechterhaltene Contenance. Trotz der hohen Stilettos, die ihre schlanken Beine apart unterstrichen, steuerte sie mit Tippelschrittchen auf die unverschämte Person zu, und mit ausgestreckten Armen stieß sie diese völlig überraschend vor die

Brust. Verdattert strauchelte die Gegnerin rücklings in eine niedrige Buchsbaumhecke, wo sie neben einem schlichten Holzkreuz ziemlich hart aufschlug.

Was für ein Theater. Die Angreiferin kicherte amüsiert auf. Sie schaute sich um. Doch keiner der in einiger Entfernung Vorübereilenden schenkte den beiden Streithähnen Beachtung. Offensichtlich hatten sie nichts von der Rauferei mitbekommen. Zudem verschluckte die Frühdämmerung den unpassenden Zwist, der sich gerade auf der ansonsten friedlichen Stätte abgespielt hatte.

Noch bevor die am Boden Liegende sich aufrappeln und zum Gegenangriff übergehen konnte, beugte sich die vermeintliche Siegerin über sie und faucht wütend: »Lassen Sie mich jetzt in Ruhe?«

Doch so leicht wollte sich die andere nicht geschlagen geben. Erbost setzte sie sich auf, und ebenso energisch riss sie sich die Kapuze vom Kopf. »Ha!«, schrie sie angriffslustig. »Ich werde nicht eher Ruhe geben, bis ich weiß, wo mein Mann ist.«

»Ihr Mann? Was habe ich mit Ihrem Mann zu tun?«

»Weil er mich wegen Ihnen verlassen hat!«

»Er wird schon seine Gründe gehabt haben, wenn er Sie verlassen hat, Sie, Sie …! Aber bestimmt nicht wegen mir!« Die Dame winkte ab. »Was geht's mich auch an.«

Trotz ihrer leiblichen Fülle rappelte sich die andere ziemlich flink auf. Es war wohl der Zorn, der ihr auf die Beine half.

»Was es dich angeht? Dass ich nicht lache!« Sie kam der Dame bedrohlich nahe.

Trotz deren Zurückweichens wollte sie sich das Heft nicht aus der Hand nehmen lassen, denn schon parierte ihr Mund jegliche Frechheit. »Hören Sie, Sie Verrückte, haben wir eigentlich schon aus einem Glas getrunken? Ich will damit sagen, dass ich mich nicht erinnern kann, Ihnen das *Du* angeboten zu haben.«

Die Kleine klopfte sich unbeeindruckt den Dreck aus der Hose. Jetzt sah sie fast schon niedlich aus. Ihre blonden Locken umspielten neckisch die rot erhitzten Pausbäckchen. Dabei schnappte ihr kleines rundes Mündchen nach Luft, als sei sie ein an Land geworfenes Fischlein.

»Sie werden noch einen Herzkasper kriegen«, stichelte die Dame brüskiert.

Vielleicht waren es die Coolness und das stolze Verhalten und vielleicht auch der Überraschungsangriff der aufgetakelten Person, dass bei der Kleinen ein Umbesinnen im Gemüt stattfand. Scheinbar wirkte all das mehr als ausgesprochene Worte. Denn nachdem sie sich etwas beruhigt hatte, klang ihre Stimme bei Weitem nicht mehr so hysterisch. Im Gegenteil, ihr verpuffter Jähzorn wich einem weinerlichen Selbstmitleid. »Dass er ein Schwein ist, wusste ich ja von Anfang an«, begann sie zu jammern, »aber trotz all seiner Eskapaden mit anderen Frauen ist er bisher immer wieder zu mir zurückgekehrt.« Eine Pause entsteht. Und eine ganze Spur leiser fuhr sie schließlich fort: »Irgendwann habe ich es hingenommen, dass er es mit anderen treibt.« Sie wartete auf einen Einwand der anderen. Vielleicht hoffte sie auch auf Trost der vermeintlichen Nebenbuhlerin. Aber nichts dergleichen geschah. Also fuhr sie fort mit ihrem Frage- und Antwortspiel. »Sie werden sich sicher fragen, warum es so ist? Warum ich bisher seine Unverschämtheiten hingenommen habe?« Als die Dame immer noch nicht reagierte, zeterte sie los: »Weil ich ihn liebe, darum nehme ich es hin!« Wieder stockte sie, wobei sie verträumt ins Leere blickte, als wäre sie sich in diesem Augenblick einer großen Dummheit bewusst geworden. Dann, wie aus heiterem Himmel, begann sie heftig zu weinen. So sehr, dass die andere sich wegen des unerwarteten Gefühlsausbruchs irritiert zeigte.

Beinahe sah es so aus, als wollte sie der Person tröstend die Hand reichen. Doch stattdessen fragte sie mitleidig: »Wann haben Sie ihn denn zum letzten Male gesehen?«

Es war ihr nicht zu verdenken, dass sie sich mit dieser Frage auch wünschte, dass endlich das nervige Schluchzen aufhörte. Das hörte auch tatsächlich auf, aber die Reaktion auf diesen fast schon dahingeworfenen Satz brachte eine neue Wende in ihrem jammervollen Verhalten.

»Waaas? Wann ich ihn das letzte Mal gesehen habe? Das ist ein starkes Stück! Das musst du doch wohl am besten wissen!«

Die Dame nahm pikiert Abstand. »Wieso denn ich?«

»Na, weil du die Letzte bist … die Letzte, die ich mit ihm gesehen habe!«, schrie die Kleine los.

Den plötzlich entgleisten Gesichtszügen der Kontrahentin war anzusehen, dass diese Bemerkung sie völlig irritierte.

»Ja, da schaust du, nä? Jahrelang habe ich heimlich jeden seiner Schritte verfolgt, und immer wieder hat er sich mit dir – oder mit Ihnen, ganz wie Sie wollen – in einer zweifelhaften Absteige getroffen.« Die Anklägerin bekam wieder diesen verträumten Blick. »Sonderbar«, sagte sie ins Leere, »in den letzten Monaten allerdings ist er nicht mehr in einem dieser Hotels abgestiegen. In der letzten Zeit …« Jetzt sah sie die Dame wie ein verwildertes Tier an. »In der letzten Zeit hat er sich in Ihrem Haus mit Ihnen getroffen! In Ihrer protzigen Villa am Stadtrand, wo am Eingang diese dämlichen Steinlöwen hocken.« Sie machte eine wegwerfende Handbewegung. »Aber Sie wissen ja selbst am besten, wo Sie wohnen.«

Geradeso, wie man vor etwas Unerwartetem erschrak, so huschte für einen Augenblick ein unruhiges Flackern über die hübschen langen Wimpern der distinguierten Dame. War es Furcht? Blass wurde ihr Gesicht. So totenblass, dass sich sogar das rote Näschen in der Blässe verlor. Und als sie keinerlei Anstalten zu ihrer Verteidigung machte, hakte das aufgebrachte Frauenzimmer keifend nach: »Wollen Sie das etwa abstreiten?«

Bei der Angeklagten fand ein innerer Kampf statt, denn ihrer Körpersprache nach zu urteilen rang sie mit sich selbst, auf der Stelle zu verschwinden. Sollte sie sich weiterhin den wahnwitzigen Anschuldigungen aussetzen? Oder war es besser, zum Angriff überzugehen?

Sie entschied sich fürs Bleiben! Ihre abfällige Gebärde deutete an, dass sie die Behauptungen für eine glatte Unverfrorenheit hielt.

»Wollen Sie etwa leugnen? Wohnen Sie vielleicht nicht Bismarckstraße Nummer 7? Und heißen Sie nicht Jacqueline Levante?« Die Kleine ließ nicht locker.

Jetzt aber, ähnlich einem unerwarteten warmen Sonnenstrahl, der in der Eiswüste ein wenig Eis zum Schmelzen bringt, legte sich eine gekonnt gespielt gütige Milde auf das Gesicht der Dame. Ihre prekäre Situation schien mit einem Male eine für sie positive Wendung zu erfahren. »Da haben wir es ja«, lachte sie erleichtert auf, »nun wird mir einiges klar! Sie haben mich mit jener Jacqueline Levante da drüben verwechselt.« Sie zeigte in die Richtung, aus der sie gekommen war. »Na ja, das kann ja im Eifer passieren«, meinte sie großzügig, »aber glauben Sie mir, auch diese Jacqueline werden Sie nicht mehr anschuldigen können. Kommen Sie mit!« Ohne eine Reaktion der anderen abzuwarten, drehte sie sich entschlossen um und lief lachend voran. Die vermeintliche Gegnerin folgte ihr perplex. Nach wenigen Metern standen beide an der Grabstätte. Wortlos zeigte die Dame auf die Inschrift, die in der trüben Abenddämmerung gerade noch einigermaßen leserlich war. Aufrecht und siegessicher stand sie neben der verunsicherten Frau. Wie eine Staatsanwältin, die gerade einen Prozess gewonnen hatte, wirkte sie in ihrer stattlichen Pelzrobe, völlig von sich überzeugt, die inzwischen kleinlaute Lügnerin mit einem aus dem Ärmel gezogenen Trumpf überführt zu haben. »Na, was sagen Sie? Da liegt ihre Jacqueline Levante. Wollen Sie immer noch behaupten, ich wäre sie?«

Mit weit aufgesperrtem Mund und ziemlich dumm dreinschauend schwieg die Angesprochene.

»Damit wäre die Angelegenheit ja wohl geklärt. Ich möchte Sie bitten, mich nicht weiter zu belästigen. Nun werde ich gehen, wenn Sie gestatten, bevor das Friedhofstor vor meiner Nase geschlossen wird.« Ohne eine Antwort abzuwarten, drehte sie sich um.

Im Weggehen hörte sie noch die schwachen Worte der verdatterten Frau: »Aber das kann doch nicht sein!«

Fast hatte die Dame in Eile den Ausgang erreicht, was wegen der halsbrecherischen Absätze gar nicht so einfach war, da wurden in der abendlichen Stille des mittlerweile menschenleeren Friedhofes trampelnde Schritte laut. Kurz darauf hatte sie die Zurückgelassene eingeholt. Wie ein in Panik geratenes Tier wankte sie atemlos und dampfend vor der Widersacherin.

»Ha!«, keuchte sie. »Fast wäre ich auf Ihren Trick hereingefallen! Aber nicht mit mir. Nicht mit mir. Ich selbst habe Sie doch heute Mittag mit eigenen Augen aus dem besagten Haus kommen sehen und lückenlos bis hierher verfolgt. Also besteht kein Zweifel, dass Sie in dem Haus wohnen, in das ich meinen Mann ein- und ausgehen sah. Und gelegentlich kam er auch mit Ihnen hinaus.« Ganz nah trat sie an die Dame heran, sodass diese wegen des feuchten Atems zurückwich. »Nein, Sie täuschen mich nicht. Ich lasse mich nicht täuschen, Sie waren es! Sie und keine andere. Zweifelsfrei, wenn ich Sie mir genau ansehe.« Die Augen der Kleinen funkelten vor Gewissheit. »Natürlich habe ich mir damals, als die Luft rein war, auch das Türschild angeschaut, um zu sehen, welches Miststück dort wohnt. Und da stand auf dem Messingschild deutlich zu lesen *Jacqueline & Marc Levante.*« Unversehens verfällt sie wieder in ihre selbstmitleidige Sprechweise. »Von einem gewissen Zeitpunkt an wart ihr Turteltäubchen euch wohl sehr sicher gewesen in eurer Heimlichtuerei, weil ihr es nicht mehr nötig hattet, es in Hotels zu treiben. Ist es nicht so? Bestimmt ist Ihr Ehemann viel unterwegs, sodass Sie es dort ungestört treiben konnten?« Während ihre Gemütsverfassung wie bei einer Achterbahnfahrt auf und nieder sauste, begann sie nach Luft zu ringen. Und nachdem sie ein paarmal kräftig ein und aus geschnauft hatte, bekam sie wieder Oberwasser. Schrill stießen ihre Worte hervor: »So war es doch, oder! Von wegen Sie liegen da hinten im Grab, das kann ja wohl nicht sein! Wer auch immer da liegt, es kann jedenfalls nicht die Schlampe sein, die meinen Ottokar verführt hat. Es kann nicht sein, weil Sie es sind! Sie sind Jacqueline Levante! Ich bin doch nicht blind!«

Wieder kam sie ganz nahe an die Dame heran, und ihre abschätzige Mimik unterstrich, was sie lautstark zu sagen hatte: »Beide Frauen, die aus der Bismarckstraße 7 und Sie, sind für mich ein und dieselbe Person. Daran gibt es nichts zu deuteln! Die Haarfarbe, die Größe, die Figur, der Gang, alles ist gleich. Wie können Sie mir das erklären? Sie sind es, geben Sie es doch endlich zu!«

Die Dame schüttelte den Kopf. »Lassen Sie mal Ihre Augen überprüfen. Haben Sie nicht soeben den Namen auf dem Grabstein selbst gelesen? Steht dort nicht eindeutig Jacqueline Levante? Der Name einer Toten? Mein Name ist Constanze Cramer, und diesen Namen werden Sie auch auf dem Türschild meines Hauses lesen. Wie kann ich Jacqueline Levante und Constanze Cramer gleichzeitig sein?« Und hochnäsig fügte sie hinzu: »Allerdings muss ich zugeben, dass das Ehepaar Levante Eigentümer des Grund und Boden in der Bismarckstraße 7 gewesen ist, wie ich beim Kauf des Hauses vom Makler erfahren habe. Bis zu ihrem tragischen Unfalltod. Heute gehört das Anwesen jedoch mir!« Und weiter fügte sie hinzu: »Da mir das Schicksal der armen Leute sehr nahe gegangen ist und ich nun in ihrem Haus wohne, besuche ich sie hin und wieder auf dem Friedhof, wie Sie sehen.«

Aufmerksam taxierte jene Constanze Cramer die andere von oben herab. »Und jetzt verraten Sie mir endlich, wann Sie Ihren Mann das letzte Mal gesehen haben.«

Die Angesprochene ergab sich zusehends ihrem Schicksal, das sie auf eine neuerliche Gefühlsabfahrt drängte. Sie schluckte, und Tränen schossen in ihre kugelrunden Augen, und ganz zaghaft ließ sie verlauten: »Vor etwa drei Jahren.«

»Vor etwa drei Jahren?«, stöhnte die Dame entrüstet auf, und dabei zog sie jedes einzelne Wort wie ein zwischen den Zähnen klemmendes Kaugummi lang.

»Ja«, wiederholte die Kleine, »im Gegensatz zu sonst ist er in jener Nacht vor drei Jahren nicht mehr nach Hause gekommen.«

»Und da treten Sie mir nach so langer Zeit heute mit solchen Schauergeschichten unter die Augen?«

»Nun, was soll ich denn machen? Als ich nach einem Monat eine Vermisstenanzeige aufgeben wollte, sagte man mir auf der Polizeiwache, dass sie nicht jedem verschwundenen Ehemann hinterhersuchen könnten, da hätten sie viel zu tun. Der käme schon wieder, wenn ihm danach sei. Ich wollte doch die Hoffnung nicht einfach aufgeben. Also bin ich noch eine ganze Weile, ein Jahr vielleicht, immer wieder sporadisch vor dem Haus auf und ab gelaufen, aber es war wie verhext, nie mehr habe ich jemanden zu Gesicht bekommen, auch Sie nicht. Vor lauter Verzweiflung und aus irgendeinem Gefühl heraus treibt es mich aber seit einer Woche wieder zu der Villa, und heute … heute kamen Sie wieder heraus, und als ich sah, wie Sie in ihren Wagen stiegen, musste ich Ihnen einfach folgen, um vielleicht doch noch zu erfahren, was damals geschehen ist.« Je länger sie redete, desto mehr versuchte sie sich zu beherrschen, aber es gelang ihr nicht. »Es muss etwas Schlimmes passiert sein«, schluchzte sie, dann brach ihre Stimme ab.

Die Dame öffnete ihr Krokotäschchen und fingerte ein Taschentuch heraus, das sie der von Weinkrämpfen geschüttelten Frau wohlwollend reichte. Und gerade in dem Moment, als das unglückliche Geschöpf dankbar danach griff, gefror sie zur Salzsäule.

»Mein … mein Ring«, stotterte sie. »Der Ring da, den Sie tragen, das ist *mein* Ring gewesen. Den hatte Otto mir geschenkt. Wie kommen Sie an meinen Ring?«

»Otto? Otto? Ich höre nur immer Otto! Ach du liebe Güte, machen Sie sich doch nicht völlig lächerlich, wie soll denn mein Ring auf Ihre Wurstfinger passen?«

»Nein, nein«, wehrte sich die Kleine beharrlich, »ich erkenne ihn genau an den beiden auffälligen Herzen. Zuerst glaubte ich natürlich, dass die Brillanten auf dem einen Herz echt wären. Aber als ich ihn beim Juwelier schätzen ließ, hat der mir geradeheraus gesagt, dass der Ring aus Golddoublé wäre und die Brillanten hübsche Glassteine.« Sie seufzte: »In meiner Enttäuschung hatte ich ihn Otto vor der Füße geworfen. Und von da ab ist nicht nur der Ring, sondern auch mein Otto verschwunden.«

Während sie auf die Dame einsprach, hatte die Kleine trotzig ihre Fäuste in die Hüften gestemmt und erneut auf den Ring starrend, rief sie. »Aber wieso tragen Sie ihn jetzt?«

in zauberhafter Tag kündigte sich an. Der Mai, der ja bekanntlich alles neu macht, gab sich entlang der Küste als ein galanter, verschwenderisch bunter Kavalier die Ehre. Witzige Naturen sagen zu solch einer berauschenden Frühlingsluft oft:»Heut ist ein Wetter zum Eierlegen.« Obwohl es an diesem wunderbaren Fleckchen Erde kaum einen Winter mit Frost und Schnee gibt, so freute sich an diesem lauen Morgen doch ein jeder, dass endlich die ungemütlichen Regenmonate Februar und März vorüber waren. Ähnlich wie die Natur mit ihrem Erwachen es vermag, die Trostlosigkeit der grauen Jahreszeit wegzuwischen, so zog auch in Albert Mertins Bewusstsein ein neues positives Denken ein. Er hatte sich in der letzten Zeit einigermaßen erholt. Und in dieser allgemeinen Atmosphäre von Aufbruchsstimmung da draußen wartete er nach Monaten oft schmerzlicher Behandlung und quälender Ungewissheit an diesem Vormittag abholbereit in seinem kargen Krankenzimmer auf Pierre und Julie.

Am weit geöffneten Fenster stand er sinnierend und atmete tief die würzig salzige Meeresluft ein. Was wohl würde die nahe Zukunft für ihn bringen? Nach dem künstlich eingeleiteten Koma zu Beginn der Behandlung war er noch keineswegs wieder mit allen Kräften und Sinnen in der Welt angekommen, aber er spürte eine wesentliche Besserung seines allgemeinen Befindens, auch wenn es in seinem Kopf noch eine riesige Lücke ohne Erinnerungen gab. Doch seit etwa drei Wochen bekam sein Leben dank intensiver psychologischer Betreuung, gegen die er sich zunächst mit Händen und Füßen gesträubt hatte, wieder eine, wenn auch nur zweidimensionale, Perspektive für die Zukunft. Trotz allem war er einigermaßen optimistisch. Bald schon würde für ihn ein neues Leben beginnen. Aber augenblicklich dachte er an Geraldine, sein Herz schlug immer noch wild, und seine Atmung kam kaum hinterher. Das Herz pochte ihm, obwohl die schöne Krankenschwester schon vor einigen Minuten den Raum verlassen hatte. In all der Zeit seines Aufenthalts in der Klinik war er jedes Mal aufgeregt gewesen, wenn sie in seiner Nähe war, aber nun hatte sie ihm zum Abschied einen innigen Kuss auf seine narbige Wange gegeben, was ihn völlig aus der Fassung brachte. Wie begehrlich hatte ihr Haar dabei geduftet, und ihre weichen Lippen hatten ein fast verloren geglaubtes Verlangen nach einer Frau in ihm geweckt. Sie erinnerte ihn an eine Frau, die ihm einmal sehr nahe gewesen sein musste. Gab es eine Frau in seinem Leben? Eine Frau, die ihn vermisste oder ihn sogar suchte?

Vage Reste der Erinnerung schenkten ihm das verschwommene Bild von Julie, Pierres Tochter. Pierre hatte ihm bei seinen Besuchen so viel über sie erzählt, dass ihm die Erinnerung nun ein schemenhaftes Bild von ihr schenkte.

Was hatte Pierre gesagt? Sie hätte ihn ziemlich heruntergekommen am Strand aufgelesen? Doch er mochte sich noch so anstrengen, seinem Gedächtnis die Hintergründe zu entlocken, die ihn dorthin geführt hatten, es gelang ihm nicht. Nein, da war nichts zu machen, immer wieder stieß er auf eine schwarze Lücke. Und diese Schwärze in seinem Gehirn machte ihm Angst, denn aus dieser unendlich erscheinenden Tiefe strömte eine bedrohliche Ahnung zu ihm hinauf, ein nicht zu deutendes Gefühl von Enttäuschung, Leid, aber auch Gefahr. Anscheinend gab es etwas in ihm, das ihn auf seiner Gedankensuche nicht weiter vorgehen ließ. Aber wollte er überhaupt weiter forschen? Wenn er ehrlich zu sich war, dann reichte ihm vorerst der neu erwachte Lebensmut, um einigermaßen mit dem Augenblick fertig zu werden. Ja, er wünschte sich, dass er für diejenigen, die ihn neuerdings kannten, als Albert Mertin existierte, von dem er selber insgeheim ahnte, dass dieser seine eigene Erfindung und nur ein Schatten seiner selbst war. Darüber hinaus erwartete er augenblicklich nicht mehr vom Leben, als für den großartigen Pierre und dessen reizende Tochter Julie der liebenswerte *Pirol* zu sein, wie Pierre ihn damals scherzhaft taufte. »Für mich warst du wie ein Zugvogel«, hatte er noch vor Kurzem schmunzelnd gesagt. »Ein liebenswerter Zugvogel, der, wohl einem inneren Trieb folgend, aus dem Nirgendwo nach Südfrankreich angeflattert kam, um, ob zufällig oder nicht, hier an den traumhaften Ausläufern der Seealpen sein Winterquartier zu beziehen.«

Alles, was Albert zurzeit wusste, wusste er von Pierre und dem Psychotherapeuten. Und da konnte es in manchen Situationen vorkommen, dass sich Pierres Gesicht auf wahnwitzige Weise in das Gesicht von dem Seelenklempner verwandelte. Beide wurden eins. Was für ein Irrsinn! In seinem Gehirn hatte sich vermutlich ein Kasper versteckt, der Schabernack mit ihm trieb. Überhaupt war auch der Unfall bis auf einige Bruchstücke immer noch weitgehend aus seinem Gehirn ausgelöscht. Inzwischen wusste er allerdings, dass sein väterlicher Freund ebenfalls schwer verletzt worden war und dass er jetzt noch an Krücken gehen musste. Albert hatte ein sehr schlechtes Gewissen bekommen, als Pierre ihn darüber aufklärte, dass er es gewesen war, der Pierre an jenem verhängnisvollen Tag nach erledigter Arbeit dazu verleitet hatte, unter den schattigen Bäumen der Plantage noch ein Fläschchen vom süßen Roten zu leeren. »Das Auto fährt doch von alleine nach Hause, Pierre. So oft, wie der Karren die Strecke schon rauf und runter gefahren ist.« So hatte er damals Pierre großspurig erwidert, der eigentlich rasch nach Hause wollte. Dennoch war es ihm gelungen, wie gewöhnlich, den Freund zu überreden, da Essen und Trinken für Pierre immer Grund genug waren, feste Vorsätze von jetzt auf gleich über den Haufen zu werfen. Demnach begaben sie sich anschließend, abgefüllt vom schweren Rebensaft, ausgelassen auf die Heimfahrt. Innerlich aufgekratzt machten sie unterwegs allerlei kindische Späße miteinander, bis Pierre, der am Steuer saß, unvorsichtig seine brennende Gitanes fallen ließ und Albert, weiter witzelnd und herumalbernd von der Beifahrerseite aus, so lange das Steuer übernahm, bis Pierre den glimmenden Zigarettenstummel unter dem Sitz hervorgrabbeln konnte. Aber dann, als Pierre nach etlichen Metern riskanter Schlangenlinienfahrt wieder mit dem Oberköper nach oben kam, verriss Albert das Lenkrad. Für den Bruchteil von Sekunden hatte es so ausgesehen, als führe nicht der Wagen, sondern als rase der Felsen auf sie zu.

»Tja«, hatte Pierre nach seiner Schilderung ausgerufen, wobei er kräftig mit der Faust auf den Tisch schlug, »und dann krachte es auch schon.«

Bei dem Gedanken daran schauerte es Albert. Er wandte sich vom Fenster ab. Neben dem steril wirkenden weißen Schrank stand seine gepackte Tasche. Viel war nicht darin. Die Kleidung, die er beim Unfall getragen hatte, war ohnehin nicht mehr zu gebrauchen, die hatte man ihm unter größter Vorsicht von der verbrannten Haut lösen müssen. Das Nötigste, was er als Patient brauchte, hatte Julie ihm kurz nach der Einlieferung gebracht, als er, noch automatisch beatmet und eingebunden wie eine Mumie, mit seinem Geist in ganz anderen Regionen weilte.

Skeptisch schielte er zu der Tasche hin. Sie bedeutet nun Freiheit für ihn. Eine fadenscheinige Freiheit, wenn er bedachte, dass er sich so, wie er jetzt aussah, am liebsten für immer und alle Zeit verstecken wollte.

Er ging zur Türe. Es kostete ihn große Überwindung, sie einen Spalt zu öffnen. Dahinter lag die große, ihm unbekannte Welt, wie würde sie ihn empfangen?

Wo Pierre bloß blieb? Der blitzblank saubere Gang zeigte sich verweist. Aus irgendeinem Zimmer drangen Schmerzensschreie. Ein Blick auf die große runde Uhr, die von der Decke herabhing, zeigte ihm an, dass Pierre überfällig war. Der Zeiger rückte gerade auf fünf Minuten vor drei. »Er wird Sie um 14 Uhr abholen«, hatte Geraldine ihm vorhin gesagt.

Plötzlich machte ihm der Flur Angst. Zudem zerrte das Gejammer an seinen Nerven. Rasch schloss er wieder die Türe. Auf dem Stuhl sitzend wollte er warten. Wie klein ihm das Zimmer auf einmal vorkam. Das Bett neben dem Tisch war bereits für den nächsten Patienten frisch bezogen und ordentlich zurechtgemacht worden. Als es noch sein Bett war, da waren die durchgelegenen Matratzen die Brutstätte wildester Träume für ihn gewesen. Egal, vorbei! Endlich vorbei! Gleich kam Pierre, um ihn abholen! Doch anstatt sich von Herzen darüber zu freuen, krabbelten die Schuldgefühle wie haarige Spinnenbeine in ihm hoch und bissen ihn mit

Selbstvorwürfen. Würde Pierre sich nicht stets mit dem Gedanken herumschleppen, dass er, Albert Mertin, es war, der diesen schrecklichen Unfall zu verantworten hatte? Und vor allem, wie würde sich Julie ihm gegenüber verhalten? Was, wenn sie nichts mehr von ihm wissen wollten? Und im gleichen Moment, als er sich diese Fragen stellte, bedrängte ihn ein mächtiger Geist der Einsamkeit. Die verrücktesten Vorstellungen machten sich in seinem Kopf breit. Er sah sich selbst als ein soeben geschlüpftes, nacktes Vögelchen, das hoch oben im Geäst eines Baumes in einem von den Eltern verlassen Nest kauerte, hungrig nach dem Leben, und darauf wartete, schon bald verhungern zu müssen. Der Gedanke daran ließ ihn frieren, als hätte die Einsamkeit einen kalten Atem. War nicht er es gewesen, der einst im Herbst tatsächlich als einsamer Vogel, wie Pierre belustigt betonte, aus der Kälte des Nordens in den Süden geflohen ist, um in der Fremde ein wenig Glück und Wärme zu finden?, fragte er sich. Warum er aber damals sein altes Leben fluchtartig verließ, das wusste er nicht, noch nicht. Doch er wusste jetzt, dass sich das Glück als sehr scheu erwies. Ähnlich wie der Pirol versteckte es sich stets mit wachsamen Augen überall da, wo man es nicht vermutete, und wenn man seiner auch nur für einen Wimpernschlag lang ansichtig wurde, flog es aufgescheucht hinweg. Aber dennoch sagte er sich, dass es ein großes Glück für ihn gewesen war, diesen beiden liebenswürdigen Menschen in einer schier ausweglosen Lebenslage begegnet zu sein. Wenn es noch jemanden auf der Welt gab, der ihm das Glück zurückbringen konnte, dann waren es Pierre und Julie.

Mit diesen Überlegungen vertrieb er die Einsamkeit. Sie würden ihm schon helfen. Sie würden ihm sicherlich auch helfen, das unsichtbare Raubtier zu zähmen, das ihn von Zeit zu Zeit aus der Höhle seines Unterbewusstseins ansprang und ausgehungert an seiner Seele fraß. Er musste sich Trost zusprechen, weil er in den letzten Tagen innerlich gespürt hatte, das Südfrankreich nur ein Paradies auf Zeit für ihn war. Er spürte es, obwohl er mehr und mehr so etwas wie eine kindliche Zuneigung gegenüber Pierre empfand.

Ach Freunde wo bleibt ihr, ich will hier raus. Die Unruhe zerrte an seinen Nerven. Er wollte endlich die sterile Klinik verlassen und freute sich darauf, wieder auf Pierres Zitronenplantage zu arbeiten. Dessen Beschreibungen von seinem Zuhause waren so anschaulich gewesen, dass sich in Alberts Kopf verheißungsvolle Bilder gestalteten, die zu einem weiteren kleinen Schritt zurück in seine verloren geglaubte Welt wurden.

Er schloss die Augen und in Gedanken sah er die farbenfroh blühenden Terrassengärten, die Pierre als junger Mann zusammen mit seiner inzwischen verstorbenen Frau im englischen Stil mit Skulpturen, Teichen und subtropischen

Pflanzen angelegt hatte. Auch die prächtige Zitronenplantage tauchte wie ein vages, durchsichtiges Dia vor seinem inneren Auge auf. Pierre hatte seine Plantage über viele Jahren lang mit seinem Schweiß gedüngt, und Grund und Boden brachten ihm durch viel Fleiß eine ertragreiche Ernte, die ihn mit einem guten Auskommen segnete. Dennoch sah es nicht mehr so rosig aus. Das Geschäft mit den Zitronen wäre zurückgegangen, klagte Pierre immer öfter. In neuerer Zeit wurden die Zitronen und Orangen größtenteils aus Spanien eingeführt. Sogar für das jährliche Zitronenfest, zu dem viele Touristen in die beschaulichen Gassen der Altstadt einfielen, verwendete man größtenteils keine einheimischen Früchte mehr. Pierres zerfurchtes Gesicht war traurig geworden, als er gegenüber Albert vor einigen Tagen betonte, dass er die Plantage längst aufgegeben hätte, wenn ihn die Tradition an diesem Stück Land nicht daran hindern würde. »Das Herz soll mir zerreißen, wenn ich das Erbe meiner Väter verrate!«, hatte er dabei geschworen. Schon sein Vater und Großvater hatten seinerzeit dieses karge Land zu einem paradiesischen Juwel angebaut. Ja, es war wahrhaftig zu einem Paradies auf Erden geworden, von wo aus der Blick des Betrachters auf dem azurblauen Meer ruhen konnte, wenn er sich nach Ruhe und Frieden sehnte. Albert spürte die Sorgen, die sein Freund nicht verbergen konnte, und da hatte er ihm zum Trost das leere Glas hingehalten, jenes Glas, in dem sich Pierres Zitronenmarmelade befand, die er ihm als Gruß ins

Krankenhaus schickte. »Aber an deiner wundervollen Zitronenmarmelade kommt keiner vorbei«, waren seine aufmunternden Worte gewesen. Und das stimmte, denn vor allem die Urlaubsgäste nahmen diese allseits beliebte Konfitüre am Ende ihres Aufenthalts gerne als köstliches Andenken aus Menton mit nach Hause.

Albert lächelte in sich hinein, denn er war es zu jener Zeit gewesen, da er so herzlich aufgenommen wurde, der Pierre dazu überredete, zusätzlich zu den Äpfeln, Honig in die Marmelade einzuarbeiten. »Du wirst sehen, Pierre, da fliegen die Kunden wie die Bienen drauf!« Und damit sollte er recht behalten.

Ach, wie schön doch die Erinnerungen sein können. Und mitten in seine heiter beschwingte Gefühlswelt, in der all die freundlichen Gedanken, die in letzter Zeit so rar waren und die in diesem Moment der beschaulichen Besinnung wie sanfte Wellen in einer leichten Meeresbrise dahinplätscherten, die böig ins geöffnete Fenster wehte, schwappte wieder einmal mehr, wie aus einer seelischen Eruption herausgeschleudert, ein schlammiges Sediment aus Angst, Unsicherheit und Beklemmung vom tiefsten Grund seiner Seele an die aufgewühlte Oberfläche seines Bewusstseins. Immer wieder fragte er sich, ob er sich denn überhaupt noch unter die Menschen trauen konnte. *Kann ich vom Feuer entstelltes Monster noch ungezwungen die Straßen und Gassen durchstreifen, ohne dass man Anstoß an meinem Aussehen nimmt? Ist*

nun der Zeitpunkt gekommen, wo mich das Feuer zum zwei-
ten mal verbrennt, diesmal um meine Seele zu zerstören?
Was bleibt dann noch übrig von mir, von mir als Mensch?

Aber halt! Waren da nicht Geräusche? Da war es wieder deutlich zu hören! Tatsächlich, Schritte, die sich auf dem Flur näherten! Albert stieß einen tiefen Seufzer aus. *Um Himmels willen, mein Gesicht,* schoss es ihm durch den Kopf. Julie hatte ihn noch nicht als Monster gesehen. Sicher würde sie sich zu Tode erschrecken, wenn sie ihn jetzt so sah.

Hastig sprang er auf und eilte zum Spiegel in der Wandnische. Er wollte überprüfen, ob nicht doch alles ein Irrtum war. Vielleicht war es nur ein weiterer Schabernack des Kopfkaspers. Doch er hatte sich nicht getäuscht. Es waren nur zwei, drei Sekunden, in denen er stumm und ungläubig dieser hässlich entstellten Fratze entgegenstarrte.

»Nein«, flüsterte er, »dieses Gesicht ist wahrhaftig. Da kann ich noch solange hinstarren, diese Fratze hat keine Vergangenheit, aber wird sie je eine Zukunft haben?«

Im gleichen Moment klopfte es an der Tür, und gleich darauf vernahm er Julies Stimme, die ihn fröhlich begrüßte. Als sie vor ihm stand, musste er seine Tränen bezwingen. Es übermannte ihn, sie zu sehen. In tausend durcheinandergeratenen Bildern rasten die Eindrücke, die ihn mit ihr verbanden, wie eine Ereignislawine auf ihn zu. Dabei übersah er aber nicht, wie schön sie war. Ihr ehrliches Lächeln, das ihren natürlichen roten Mund umspielte, ihre Augen mit dem frechen Blick darin, deren leuchtendes Grün sie gleichzeitig gutmütig erscheinen ließen, und ihre burschikosen Sommersprossen, die um ihre Stupsnase tanzten, all das wurde zum Auslöser dafür, dass sich die Erinnerungsfetzen in seinem Kopf schlagartig zu einem anschaulichen Gebilde zusammensetzten. Ihm war auf einmal, als füge eine mysteriöse Hand die wahllos gemischten Puzzleteile der Vergangenheit, die durch einen verheerenden Schlag auf dem Kopf in ihm durcheinandergeraten waren, sorgfältig und in rascher Geschwindigkeit zu einem erkennbaren Bild zusammen. Jenes Bild, das er stets wie einen Talisman in seinem Unterbewusstsein mit sich trug und das nur sein Herz sehen konnte.

Ein Lichtblick

Als Albert nach dem Abendbrot völlig erschöpft wieder in seinem gewohnten Bett in Pierres Haus lag, ließ er die schemenhaft erwachte Vergangenheit noch einmal vor seinem inneren Auge Revue passieren. Es war nach all den schmerzlichen Strapazen der letzten Zeit ein wunderbarer Abend gewesen. Julie hatte ein köstliches Abendbrot zubereitet, zu dem Pierre einen besonders guten Wein in die Gläser gegossen hat. Auf der Terrasse hatten sie in lauer Abendluft gesessen und in angeregtem Gespräch froh gestimmt gewartet, bis die Sonne gänzlich im Meer versank. Viel, sehr viel wurde erzählt, und Pierre und Julie waren hocherfreut, dass Albert wieder bei ihnen war.

Da lag er nun bei schummrigen Kerzenlicht. Die Arme im Nacken verschränkt, ließ er seine Gedanken wie einen Vogel frei, den man in einen Käfig eingesperrt hatte. Glück empfand er dabei, nicht nur, weil er wieder dahin zurückgekehrt war, wo er anscheinend hingehörte, sondern weil er sich bei den beiden Menschen unendlich wohlfühlte.

»Ach, Julie«, stöhnte er leise. In den vergangenen Stunden war ihm klar geworden, dass er sie von ganzem Herzen mochte, auch wenn sie in ihrer besonderen Art etwas spröde wirkte. Aber das war nur der äußere Eindruck von ihr, der sich oberflächlich in ihrem von Wetter und Wind geschminkten Gesicht widerspiegelte, dachte er sich. Denn trotz ihres drahtigen, von der harten Arbeit auf der Plantage trainierten Körpers waren ihre geschmeidigen, fast schon katzenartigen Bewegungen für ihn sehr verführerisch. Und er fragte sich, wie er wohl vor dem Unfall zu ihr gestanden hatte. War er da schon in sie verliebt gewesen? Er musste sie geliebt haben, weil ihm alles an ihr gefiel. Sogar ihre Muskeln mochte er, die ihm, als sie auf der Terrasse saßen, immer dann aufgefallen waren, wenn sie ihr Trinkglas zum Mund führte. Ja, ihr Mund! Was für einen sinnlichen Mund sie hatte, der so im Widerspruch zu ihren Augen wirkte, aus denen vor allem die Abenteuerlust sprühte, wenn sie sich ereiferte.

Wieder stöhnte Albert auf, als er über ihr flachsgelbes, seidig, glänzendes Haar nachsann, das sie, einem kleinen unschuldigen Mädchen gleich, stets zu schulterlangen Zöpfen band. Er stellte fest, dass es diese Zöpfe waren, die ihre katzenhafte Wildheit auf eine ganz besonders aparte Art zähmten. Plötzlich fühlte er sich wie ertappt. Ja, er war in sie verliebt! Für Minuten hatte er vergessen, wie gruselig er aussah. Außerdem wusste er nicht mehr, wie seine Gefühle vor dem Unfall für sie gewesen waren. Nach den Erzählungen am Vorabend wusste er nur so viel, das Julie ihn damals am Strand gefunden hatte. Ihn, den verirrten *Pirol*. Die Freunde hatten ihm noch einmal geschildert, wie es seinerzeit gewesen war, als Julie ihn an einem ungemütlichen, frischkalten Morgen am Meeresufer wie Strandgut auflas.

Wie hatte sie ihre Schilderung begonnen? Sie sagte, dass sie an jenem Morgen, wie gewöhnlich, wenn sie mit ihrem Vater zwei-, dreimal in der Woche in geschäftlichen Angelegenheiten zur Altstadt fuhr, in aller Früh barfuß am Strand entlanggelaufen war. Und je intensiver er darüber nachdachte, desto realer wurde ihre Erzählung in seinem Kopf, bis er sie vor sich sah. Begleitet vom eintönigen Gesang der Wellen ließ sie mit ihren nackten Füßen die Schaummünder aufspritzen, die unablässig am sandigen Land fraßen. Dabei wehten ihre Zöpfe wie vom Wind abgeschossene goldene Pfeile durch die Luft. Niemand sonst hatte sich zu dieser frühen Tagesstunde an dem schmalen Streifen zwischen der Route côtière und dem Meer verloren, wo sich im Sommer Heerscharen von Badegästen und Sonnenhungrigen aufhielten. Da kam sie angelaufen.

Sein Herz begann heftig zu schlagen, so real sah er sie in seinen Gedanken. Plötzlich hielt sie in ihrem Lauf inne. Etwa hundert Meter voraus fiel ihr im nebeligen Dunst des frühen Morgens ein Schatten auf, der längst der Kaimauer lag. Zögerlich kam sie näher. Tatsächlich, nur wenige Meter von dem vermeintlichen Schatten entfernt erkannte sie die Umrisse einer männlichen Gestalt, bäuchlings und regungslos im Sand liegend. Da sein Kopf wie schlafend auf einem Rucksack ruhte und um ihn herum zwei, drei leere Weinflaschen wie Siegestrophäen mit den Glashälsen im Sand steckten, glaubte sie, einen betrunkenen Clochard vor sich zu haben, der vermutlich die Nacht über kein besseres Quartier als dieses gefunden hatte. Also beschloss sie, ihren Lauf fortzusetzen, ohne sich weitere Gedanken über die Gestalt zu machen. Erst als sie eine halbe Stunde später erneut an dem Lager des vermeintlichen Vagabunden vorbei musste, wurde sie nachdenklich. Diesmal drängte es sie, genauer hinzuschauen, da sie ihn in seiner Lage unverändert vorfand. Es konnte ja sein, dass er aus vielerlei Gründen Hilfe brauchte, dachte sie sich. Atmete er denn noch?

»Monsieur?«, sprach sie ihn an. Aber das Menschenbündel rührte sich nicht.

»Monsieur«, rief sie noch einmal zaghaft, und dabei schüttelte sie ihn sanft an der Schulter, woraufhin sie ein ungehaltenes Knurren zu hören bekam. Leben fuhr in den Fremden.

Mit noch geschlossenen Augen drehte er sich auf den Rücken. Nun hatte Julie die Möglichkeit, ihn genauer zu betrachten. Sie erschrak heftig. Sein Gesicht war von schnittartigen Verletzungen gezeichnet, die noch nicht allzu alt sein konnten, da sich erst frische, nässende Krusten auf den Wunden gebildet hatten. Und der Haaransatz war vom Blut verklebt. Wer war dieser Mann, und was war mit ihm geschehen?

Die Fragen überstürzten sich. Wie ein gewohnheitsmäßiger Vagabund, um den man besser einen großen Bogen machte, sah er eigentlich nicht aus. Zwar zierte ihn ein stoppeliger Dreitagebart, aber trotzdem wirkte seine Gesichtshaut gepflegt. Es hatte für sie den Anschein, als ob der Mann noch nicht lange sein Quartier unter freiem Himmel suchen musste. Zudem trug er der Jahreszeit angepasste, modische Kleidung, die sich in einem recht ordentlichen Zustand befand. Das schwarze, an den Seiten leicht wellige Haar war sauber geschnitten. Nein, dieser durchaus attraktive, schlanke Mann schien noch nicht lange schlechte Zeiten zu kennen. Seine Verletzungen und sein hilfloser Zustand regten Mitleid in ihr. Ein Mitleid, das sie daran hinderte, unverzüglich weiterzulaufen.

Was Julie in diesem Augenblick nicht mitbekam, war, dass er sie aus seinen Augenschlitzen scharf beobachtete. Er sah, wie sie verständnislos den Kopf schüttelte, als sie vor die leeren Weinflaschen trat, wobei ihre Zöpfe lustig tanzten. Dann beugte sie sich zu ihm herunter, der Geruch von Alkohol schlug ihr entgegen. Und genau in diesem Moment richtete sich der Fremde ruckartig auf. Von dieser Situation überrumpelt, sprang Julie überrascht zur Seite.

Mit übernächtigter, kratziger Stimme sprach er sie in holprigen Französisch an: »Entschuldigen Sie, wenn ich Sie erschreckt haben sollte.«

Irritiert fragte sie: »Sind Sie Deutscher?«

Bevor er ihr antwortete, blickte er sich forschend um, als müsse er sich nach seinem Rausch zuerst zurechtfinden. »Ja, ja«, sagte er schließlich. »Ja, ich bin Deutscher.«

Julie verlor ihre Scheu. »Und«, sagte sie kess, »haben Sie gut geschlafen?« Doch sofort bereute sie diese Frage und fügte rasch an. »Wie geht es Ihnen? Brauchen Sie Hilfe?«

Etwas verlegen fuhr er sich mit der Hand durchs Haar. Sein Gesicht verzerrte sich, als seine Finger im blutig verkrusteten Haar stecken blieben. Er hatte einige Mühe aufzustehen, dabei ließ sie ihn nicht aus den Augen.

Er war ein großer Mann, der sie ebenfalls durchdringend ins Visier nahm. Ihm gefiel, was er sah, wie sie in ihrem hautengen Sportdress vor ihm stand und sich eine Haarsträhne aus dem verschwitzten Gesicht pustete.

»Ob ich gut geschlafen habe?«, wiederholte er mit einem Unterton, der verriet, dass er sich auf den Arm genommen fühlte. Verunsichert klopfte er sich den Sand aus der Kleidung, als wolle er jeglichen Dreck loswerden, der in den vergangenen Nächten nicht nur sein Äußeres beschmutzt hatte.

Ein Ruf unterbrach seine Verlegenheit.

»Julie!«

Die Frau zuckte entschuldigend mit den sonnengebräunten Schultern. Dann zeigte sie mit dem Finger in Richtung des Rufers, dessen Gestalt sich schnellen Schrittes aus der trüben Nebelwand schälte. »Papa«, sagte sie knapp. Und nur Augenblicke später stand Julies Vater vor Anstrengung schnaufend und prustend neben ihr. »Wo bleibst du denn? Nicht nur ich, auch die Arbeit wartet auf dich!«

Was dann folgte, war ein munter plätschernder Fluss von erregten Worten, wobei Julie im Eifer des Gefechtes hin und wieder auf den teilnahmslosen Mann zeigte, der wie ein überforderter Statist im falschen Film danebenstand. Sicherlich vom unüberhörbaren Zwist angelockt, hatten oberhalb der Kaimauer zwei vollbusige Madams ihre fleischigen Oberkörper weit über das Geländer gebeugt und die aufgestellten Ohren wie Lauschsegel in den Wind gehalten. Es sah ganz so aus, als würden sie sich auf einen längeren Aufenthalt einrichten, denn aus den gefüllten Einkaufskörben hatten sie sich inzwischen mit je einem Apfel versorgt, auf denen sie genüsslich herum kauten.

Julies Vater blickte genervt zu ihnen hinüber. Sicher wollte er kein öffentliches Aufsehen erregen. Er wedelte mit den Armen, wie man Fliegen verscheucht. Doch sie winkten ihm nur zu. Kopfschüttelnd wandte er sich wieder dem Mann zu, den er in überraschend gutem Deutsch ansprach.

»Meine Tochter sagt, dass Sie aus Deutschland kommen?«

»Ja, Monsieur, da hat sie recht.«

»In Kriegszeiten war ich auch einmal in Deutschland.« Und mit einer wegwerfenden Geste setzte er hinzu: »Aber lassen wir das. Warum lungern Sie hier am Strand herum?« Streng und vorwurfsvoll stellte er diese Frage. »Es ist nicht üblich, dass sich Touristen um diese Jahreszeit in voller Montur zum Schlafen in den feuchten Sand legen.«

»Ich bin kein Tourist, Monsieur«, bekommt er ebenso vorwurfsvoll zur Antwort.

»Nein?«

»Nein!«

»Und was wollen Sie in unserer schönen Gegend?«

»Wenn Sie erlauben, dann möchte ich hierbleiben.« Der Sarkasmus in seinen Worten war nicht zu überhören.

»Hm, hm, hm«, entfuhr es Julies Vater. »Haben Sie denn keine Familie?«

»Vater!«, ging Julie dazwischen. »Du verhörst ihn ja.«

Sogar jetzt noch spürte Albert, wie ihm damals bei der Frage nach der Familie die Knie weich geworden waren.

»Nein«, sagte er schließlich betroffen.

»Warum kommen Sie gerade hierher?« Der Franzose hakte unbeirrt nach.

»Ich kann es Ihnen nicht sagen, Monsieur. Es war so eine Art Eingebung.«

»Wo wohnen Sie?«

Von der Frage wiederum überrascht, sagte er unüberlegt: »Mal hier, mal da.«

Es war für einen halbwegs intelligenten Menschen nicht schwer zu erraten gewesen, dass sich dieser offensichtlich Obdachlose in einer Notlage befand, weil er sein altes Leben Hals über Kopf verlassen musste, um in einem anderen Land einen Neuanfang zu wagen. Und der Franzose war anscheinend ein Mann mit Taktgefühl und Menschenkenntnis, denn er drang an dieser Stelle nicht weiter in den Fremden ein, dem man sieben Meilen gegen den Wind ansehen konnte, dass er außer seinem schäbigen Rucksack ein noch viel schwereres Gepäck auf seinen Schultern zu tragen hatte.

»Was ist Ihnen passiert, wie kommen Sie an die Verletzungen?«

Der Gefragte tastet sich mit den Fingern behutsam die Stirn ab, als ob er damit überprüfen wollte, ob der Fragesteller die Sache richtig deutete. »Jemand wollte mir den Rucksack stehlen. Es ist ihm aber nicht gut bekommen.«

Der Franzose pfiff anerkennend durch die aufgeblasenen Backen. »Ich möchte nicht wissen, wie der jetzt aussieht«, lachte er. »Was haben Sie jetzt vor?«

Gleichmütig tuend hob der Angesprochene die Arme, woraufhin die junge Frau mit ihrem Vater tuschelte.

»Hören Sie, meine Tochter hat mir vorgeschlagen, Sie zu fragen, ob Sie nicht zu uns kommen wollen. Wir brauchen auf unserer Zitronenplantage gerade jetzt, wo die Pflanzen in Blüte stehen und die Erntezeit bald anbricht, zwei kräftige Hände, die anfassen können. Na, was ist, hätten Sie Lust? Ein Dach über dem Kopf, Essen und Trinken und ein paar Euro Lohn sind allemal drin.« Kurz entschlossen hielt der Franzose dem Deutschen die Hand entgegen. »Pierre«, sagte er freundlich. »Ich heiße Pierre Duval!«

Von so viel Freundlichkeit angetan und innerlich berührt, und nicht zuletzt wegen Pierres schöner Tochter, sagte der Mann nach kurzem Zögern: »Ja! Mein Name ist Albert Mertin, und ich danke Ihnen für Ihr freundliches Angebot!«

Albert Mertin, dieser Name klang fremd in seinen Ohren.

Constanze Cramer war plötzlich ungehalten. Sie wollte es sich an ihrem freien Tag so richtig gemütlich machen. Auf der breiten Couch, die, mit unzähligen Kissen bestückt, mehr einer bequemen Liegewiese ähnelte, als einem praktischen Sitzmöbel, lagen verschiedene Modejournale verstreut, und auf dem zierlichen Glastisch davor dampfte grüner Tee in einer hauchdünnen Porzellanschale, die wegen der aufwendig verzierten Malerei den Eindruck erweckte, für den alltäglichen Gebrauch viel zu kostbar zu sein.

Dann läutete kurz hintereinander zum vierten Mal die Türglocke. Und mit jedem Läuten hatte sie das Gefühl, dass dieses lästige Gebimmel drängender wurde.

Von der penetranten Störung belästigt, erhob sie sich mürrisch aus ihrem behaglichen Polsternest, wobei sich der Gürtel ihres rotseiden glänzenden Kimonos löste, den sie sich nach einem entspannenden Bad gewohnheitsgemäß überwarf. Und indem sich dieser unter den gewagten Verrenkungen ihres geschmeidigen Körpers weit öffnete, zeigt sich, dass sie nichts als ihre Nacktheit darunter trug. Gleichmütig band sie den Hauch einer Bekleidung vorne zu. Dann lief sie barfüßig zur Wand, an der sich der Hörer der Sprechanlage befand, und als sie ihn aus der Halterung genommen hatte, fragte sie verärgert, wer die Frechheit besäße, keine Ruhe zu geben.

Zunächst wusste sie nicht, was sie von dem lästigen Subjekt halten sollte, das einfach nur »Schnapp« ins Mikrofon krächzte.

»Was soll der Unfug«, rief sie empört in die Hörermuschel.

»Hier ist Schnapp«, erwiderte die Stimme unbeirrt.

»Schnapp? Ich kenne keinen Schnapp. Was wollen Sie?«

»Ach so, natürlich, Verzeihung. Hartmut Schnapp, wenn ich mich vorstellen darf, Hauptkommissar Hartmut Schnapp.«

Wie einem inneren Befehl folgend, verschloss Constanze Cramer mit der linken Hand den Kimono bis zum Hals. Ungläubig starrte sie den Lautsprecher an, und das Blut, das für einen kurzen Moment in ihren Schläfen pochte, stürzte ihr jäh wie ein Wasserfall in die Beine. Schwindel ließ ihr den Hörer aus der Hand gleiten, und während dieser knapp über dem Boden hin und her trudelt, hörte sie wie aus weiter Ferne wieder die unangenehm rasselnde Stimme rufen: »Hallo, hallo, was ist denn los bei Ihnen?«

Einer weltgewandten Frau wie ihr stand es aber nicht zu, allzu lange die Fassung zu verlieren. Energisch griff sie wieder nach dem Telefonhörer. »Einen kleinen Moment, ich öffne.« Schon surrte die Mechanik des automatischen Türöffners, die, dem schleifenden Geräusch nach zu urteilen, bedächtig aufgedrückt wird. Während Hauptkommissar Hartmut Schnapp sich in dem geräumigen Entree unschlüssig wirkend umschaute, betrat Constanze Cramer ganz im Stile einer Diva die oberste Stufe der breiten Freitreppe. Nichts an ihr war zufällig, nicht das jetzt freizügig entblößte Dekolleté, nicht das wild aufgesteckte brünette Haar, das lasziv gequälte Minenspiel und nicht der wohlgesetzte Hüftschwung.

Fast verlegen stand der Störenfried nun vor ihr. Sein schlohweißes Haar passte so gar nicht zu dem ansonsten jugendlichen, rosig frischen Gesicht, in welchem die rechte Augenbraue, wie mit einem Brauenstift aufgetragen, einen ausgeprägten Bogen mit dem Ausdruck höchster Skepsis, bis fast zum in die Stirne gekämmten Haaransatz beschrieb. Nach vierzig Jahren Praxis im Kampf gegen das Verbrechen war diese Skepsis vielleicht das Resultat einer nicht mehr zu revidierenden Berufserkrankung, allem und gegenüber jedem seiner Mitmenschen misstrauisch zu sein.

»Entschuldigen Sie meine unhöfliche Ungeduld, die ich Sie soeben spüren ließ, liebster Herr Kommissar Schlapp, aber Sie sehen selbst – meine Aufmachung, ich komme gerade aus dem Bad«, haucht Constanze Cramer mit ausgestreckter Hand dem etwas klein geratenen Mann entgegen, während sie die Treppe graziös verließ, als präsentiere sie sich auf einen Laufsteg.

»Hauptkommissar Schnapp, gnädige Frau, nicht Schlapp, wenn ich bitten darf.«

Auch wenn sich in seinem Gesicht unnahbare Freundlichkeit spiegelte, so war der Klang seiner Stimme weiterhin scharf und bitter. Doch dieser routiniert amtliche Tonfall wurde in dem Moment abgemildert, als er lächelnd anfügte: »Aber die Entschuldigung liegt ganz bei mir.« Seine Worte unterstrich er devot tuend mit einem angedeuteten Diener, ohne den Blick vom raffiniert freigemachten Dekolleté abzuwenden und ohne dabei die Hand zu beachten, die ihm Constanze Cramer beinahe majestätisch anmutend vor dem Mund hält.

»Zwei hübsche Büsten haben Sie.«

»Ich habe was?«, entgegnete Constanze Cramer irritiert.

Der Hauptkommissar hüstelte betreten: »Ich meine die beiden Löwen am Eingangsportal, sehr originell, wirklich, sehr originell.«

»Nun ja, mein Geschmack ist es nicht«, erwiderte sie herablassend, »aber wenn sie nun einmal dort stehen ...«

Der unverhofft aufgetauchte Besucher, bekleidet in einem für seine Körpergröße viel zu groß ausgefallenen, farblosen und etwas ausgelaugt wirkenden Trenchcoat drehte sich bedächtig im Kreis, um mit geschultem Auge jeden Winkel der Vorhalle in Augenschein zu nehmen. »Wohnen Sie alleine hier?«

»Wie kommen Sie darauf?«

»Na, weil auf dem Haustürschild nur Constanze Cramer steht.«

»Was soll das, Herr Hauptkommissar? Trauen Sie mir nicht zu, alleine zu wohnen? Sehe ich etwa so aus, als sei ich nur Staffage für irgendjemanden?«

Der Hauptkommissar winkte ab. »Nein, nein, gnädige Frau, ganz und gar nicht, ich wollte Ihnen nicht zu nahe treten, aber was nun? Leben Sie alleine?«

»Ja«, sagte Constanze Cramer pikiert, »aber wollen wir nicht nach oben ins Wohnzimmer gehen? Mich fröstelt ein wenig.« Mit einem raffinierten Augenaufschlag wandte sie sich wieder den Treppenstufen zu. »Ach übrigens«, sie verharrte kurz, »wieso glauben Sie eigentlich, dass ich gnädig bin?«

Des Hauptkommissars Augenbraue verlor sich nun völlig unter dem Fransenpony, wobei sein Lächeln ins Süßsaure tendierte. »Eigentlich bin ich es gewohnt, die Fragen zu stellen«, sagte er scherzhaft, wobei er nicht nachließ, unaufhörlich mit Daumen und Zeigefinger an seinem rechten Ohrläppchen zu reiben, derweil Constanze Cramer ihm mit einer entschlossenen Geste bedeutete, ihr jetzt endlich zu folgen.

»Danke, nach Ihnen, gnädige ... ach lassen wir das.«

Ebenso elegant und verführerisch, wie sie noch vor Minuten die Stufen hinunter getänzelt gekommen war, schritt sie nun wie eine Primadonna voran, ohne dabei sehen zu können, wie sich der Hauptkommissar hinter ihrem Rücken genießerisch die Lippen leckte.

»Möchten Sie auch einen Tee trinken? Ich werde mir einen neuen aufbrühen, dieser hier ist kalt geworden.« Constanze Cramer nahm die Porzellanschale vom Glastisch und war im Begriff, den Raum zu verlassen. Hauptkommissar Hartmut Schnapp stand inzwischen abwesend wirkend an dem breiten Panoramafenster, das fast die gesamte äußere Seitenwand ausmachte, und dabei bestaunte er den herrlichen Ausblick auf ein weitflächiges Grundstück mit altem Baumbestand, das sich am Ende eines niedrigen, blattlosen Buschwerks in einem angrenzenden See verlor, auf dem einige Enten und ein Schwanenpaar verschlafen auf der Wasseroberfläche dümpelten. Wären die Schwäne auf dem Wiesenstück gewesen, hätte man sie zwischen den Schneeresten, die dort wie ein zerfledderter Flokati herumlagen, schwerlich ausmachen können.

»Herr Hauptkommissar, haben Sie mich nicht gehört? Ich fragte Sie, ob ich Ihnen auch einen Tee servieren darf!«

Ohne die Fragestellerin anzusehen, bekam Constanze Cramer ein »Nein, danke« zur Antwort. Der Hauptkommissar interessierte sich offenbar mehr für den architektonischen Umbau des Fensters, den er akribisch in Augenschein nahm. Denn das konnte ein Blinder mit Krückstock sehen, dass dieser komfortable Ausblick nachträglich geschaffen worden war, vor allem, weil das Haus um die achtzig oder neunzig Jahre auf dem Buckel haben musste.

»Es war doch sicher sehr aufwendig, die gesamte Wand herauszuhauen, nicht wahr?«

Constanze Cramer dreht sich im Türrahmen herum. »Ich musste es nicht tun«, sagte sie launig. »Oder denken Sie, dass ich beim Herausstemmen der Wand und beim Mauern geholfen habe?« Ihr Kichern wirkte unnatürlich. Schließlich sagte sie unter dem hypnotischen Blick des Hauptkommissars: »Wenn Sie mich nun einen Augenblick entschuldigen würden, ich werde mir auch noch etwas Konvenables überziehen.«

Der Hauptkommissar zeigte sich verdutzt. »Was wollen Sie sich überziehen?«

»Na, etwas Schickliches.«

»Ah, etwas Schickliches, aber natürlich, selbstverständlich.« Hauptkommissar Hartmut Schnapp riss sich von der Glasfront los und nahm sichtlich enttäuscht ein letztes Mal die Gelegenheit wahr, die attraktive Frau so leicht bekleidet vor sich zu sehen, wobei sein geschultes Auge durchaus in der Lage gewesen wäre, das brünette Prachtweib mit eben diesem Kriminologenblick in jeder Aufmachung gänzlich zu entkleiden.

»Wenn Sie sich in der Küche einen Tee zubereiten, würde es Ihnen etwas ausmachen, mir ein Glas Milch mitzubringen?«

»Milch?« Constanze Cramer entgleisten für einen Augenblick die Gesichtszüge. »Milch! Oh, da muss ich erst nachsehen, ob ich Milch im Hause habe.«

Sie hinterließ eine angenehme Stille, die nur vom behaglichen Knistern und Knacken der rot glühenden Holzscheite im offenen Kamin unterbrochen wurde. Mit ein wenig Fantasie hörte sich dieses anheimelnde Geräusch wie ein geheimnisvolles Flüstern an. Hauptkommissar Hartmut Schnapp entledigte sich im wohl geheizten Raum seines Mantels, den er schwungvoll auf die Polsterlandschaft warf. Für einen Moment wunderte er sich, dass seine Jackettschöße unterschiedlich lang waren, bis er bemerkte, dass er sie morgens wohl um einen Knopf versetzt zugeknöpft hatte. Ohne sich weiter darum zu kümmern, nahm er die Gelegenheit wahr, wie ein witternder Spürhund seine Umgebung zu durchsuchen. Er berührte mit flinken Fingern da einen Gegenstand, fasste hier etwas an, nahm dort weg und platzierte wieder hin. Als er nach einer Weile des Alleinseins wieder Schritte vernahm, stellte er sich gelangweilt ans Fenster und rieb sich instinktiv das rechte Ohrläppchen.

»Entschuldigung, es hat etwas länger gedauert. Aber als Belohnung habe ich hier ein frisches Glas Milch für Sie.« Sie hält ihm freundlich lächelnd ein Tablett entgegen, auf dem sich auch eine Schale mit dampfendem Tee befindet. Als Constanze Cramer vorsichtig das Tablett auf den Tisch abstellt, nimmt der Hauptkommissar den auffallend extravaganten Ring ins Visier, den sie jetzt am rechten Ringfinger trägt, nachdem sie sich umgezogen hat. Dieses Schmuckstück passte sehr gut zu den dekorativen Ohrringen und der aparten Halskette. Ein Arrangement, das beinahe protzig wirkte und doch vortrefflich mit ihren eisgrauen Augen verschmolz.

»Aber bitte, Herr Hauptkommissar, nun setzen Sie sich doch. Wie ich sehe, haben Sie es sich ja schon bequem gemacht und Ihren Mantel ausgezogen. Habe ich das richtig gesagt, Hauptkommissar?«

Hartmut Schnapp lächelte sie hintergründig an. Trotz ihres zugeknöpften grauen Kostüms, das sie inzwischen trägt, sah sie nicht minder aufreizend aus.

Der bereits gealterte Polizist war es über viele Dienstjahre hinweg gewohnt, Menschen mit seinen kriminalistischen Augen in Sekundenschnelle einzuscannen, sodass eine für ihn zutreffende Charakterbewertung für alle Zeiten in seinem Gehirn programmiert blieb. Constanze Cramer legte er in der Rubrik *intelligentes, aber durchtriebenes Prachtweib* ab. Womöglich waren es ihre langen, schlanken Beine, die sie, nachdem sie sich in einen Sessel niedergesetzt hatte, elegant übereinanderschlug und die durch den hochgerutschten Rock umso länger und atemberaubender erschienen, sodass sie von ihm noch den Zusatzstempel *verrucht* bekam. Hauptkommissar Schnapp setzt sich ebenfalls, wie ihm geheißen wurde. Er wählte den Sessel, der direkt gegenüber der Hausherrin stand. Sein Gesichtsausdruck bekam dabei etwas Kindliches, als er im weichen Polster schier zu versinken drohte. Und doch ließ er die Frau keine Sekunde außer acht, selbst als er das Glas Milch zum Mund führte, um zu trinken, musterte er sie, als ginge von ihr eine unbestimmbare Gefahr aus.

Merklich nervös rührte Constanze Cramer mit einem Löffel in ihrem Tee herum, bis sie schließlich sagte: »Sie haben mir noch nicht den Grund ihres Besuches verraten.«

Übertrieben belustigt schlug sich Schnapp mit der flachen Hand vor seine Stirn. »Ja natürlich!«, sagte er theatralisch, und dabei setzte er auch übertrieben vorsichtig das Glas auf den Tisch zurück, als wolle er nicht unnötig Anlass zu weiteren Misstimmigkeiten geben. Dabei entging ihm nicht, dass Constanze Cramer unruhig an ihrem Rock herumnestelt. Eine unangenehme Stimmung entstand. Fast konnte man meinen, dass die Stille spürbar wurde, indem sie sich wie verbrauchte Luft auf die Atmung legte.

»Nur eine Kleinigkeit«, begann der Hauptkommissar. »Sagt Ihnen der Name Otto Krawuttke etwas?« Dieser Satz wehte wie eine frische Brise in den Raum.

Im liebreizenden Gesicht von Constanze Cramer war argloses Unverständnis zu lesen, und ohne auch nur einen Atemzug damit zu verschwenden, über die gestellte Frage nachzudenken, sagte sie wie aus der Pistole geschossen: »Nein!«

Einem guten Beobachter wäre sofort aufgefallen, dass gleichzeitig mit dem ausgesprochenen »Nein« nun beide Augenbrauen des Hauptkommissars unter dem fransigen Haaransatz verschwanden. Sie wurden selbst dann noch von seinen Haarsträhnen verdeckt, als er, die Frau stets im Blick behaltend, in seine Jackentasche griff, um einen arg zerknitterten Schreibblock nebst einem fein säuberlich angespitzten Bleistiftstummel hervorzuholen. Nachdem er diesen sorgfältig angeleckt hatte, trug er das Wörtchen »Nein« darin ein, indem er unter deutlicher Betonung noch einmal laut »Nein« aussprach. Nachdem dieses geschehen war, taxierte er sie weiter, so als versuche er, hinter ihrer gepuderten Maske die Gedanken zu lesen. Aber auch für einen Hauptkommissar blieben manchmal Lügen, ohne Beweis des Gegenteils, schlichtweg die Wahrheit. Und so bohrte er hartnäckig weiter. »Da fällt mir gerade ein, vielleicht kennen Sie Otto Krawuttke ja unter den Namen Ottmar von Hohenstein?«

Diesmal entfuhr ihren Lippen kein vorschnelles »Nein«. Bevor die Gefragte bereit war, eine Antwort zu geben, führte sie phlegmatisch die Schale mit dem Tee zum Mund und pustete lange in die nicht mehr dampfende Flüssigkeit, wonach sie bedacht Schlückchen für Schlückchen trank. Den Block auf die Knie abgelegt und den Bleistiftstummel schreibbereit zwischen den Fingern geklemmt, beobachtete sie der Hauptkommissar unablässig.

»Hören Sie, Herr Hauptkommissar«, sagte sie schließlich ungehalten, »wollen Sie mir irgendetwas unterstellen? Haben Sie nichts Besseres zu tun, als mir meine äußerst knapp bemessene Zeit zu stehlen?«

»Stehlen ist für einen Mann in meiner Stellung wohl die falsche Bezeichnung, wenn Sie erlauben«, antwortete ihr der Hauptkommissar amüsiert. Und ohne weiter auf das fadenscheinige Argument der mittlerweile nervös gewordenen Befragten einzugehen, wiederholte Schnapp die Prozedur von vorher, nur dass er diesmal nicht »Nein« sagte und »Nein« in seinen Block eintrug, diesmal sagt er »Ja«, und das notierte er wiederum auch.

»Was heißt *ja*, was schreiben Sie da?«, fuhr ihn Constanze Cramer an. »Ich kenne keinen Otto Krawuttke oder einen Ottmar von Hohenstein«, empörte sie sich. »Und nun muss ich Sie bitten zu gehen, ich habe noch zu tun!«

Peng! Das hatte gesessen. Hauptkommissar Hartmut Schnapp packte auf der Stelle seine Schreibutensilien in die Jackentasche zurück und rieb wieder an seinem Ohrläppchen herum, dabei verzog sich sein Gesicht, als habe Einstein nach Jahren des Grübelns endlich die Formel der Relativitätstheorie entdeckt, wonach die Trägheit eines Körpers von seinem Energieinhalt abhängig war. Und seine anscheinend gespielte Trägheit verschwand plötzlich, als die Worte wie

Pistolenschüsse seinen Mund verließen: »Wann kommt Ihr Mann nach Hause?«

Frau Cramer, die indes schon aufgestanden war, setzte sich wieder hin, allerdings ohne ihre vorherige Position einzunehmen. Man sah ihr ihre Verwunderung an. »Mein Mann? Ich bin nicht verheiratet, wie kommen Sie darauf, dass mein Mann kommt?«

Der Hauptkommissar tat ahnungslos. »Sie sind nicht verheiratet?«

»Nein, das habe ich Ihnen doch schon gesagt.«

»Sie waren nicht verheiratet?«

»Aber nein!«

»Hm«, brummte Hauptkommissar Schnapp, sein Ohr leuchtete schon gefährlich rot auf. Er wog bedeutsam den Kopf hin und her. »Ich könnte schwören, dass Sie das auf dem Hochzeitfoto sind, das ich soeben in der Schreibtischschublade gefunden habe.«

»Was? Sie haben in meinen Schränken gewühlt? Dürfen Sie das denn?« Constanze Cramer kam aus dem Staunen nicht heraus. Sie hatte den kleinen, unscheinbaren Hauptkommissar wohl völlig unterschätzt. Seine unnachgiebige Art und sein forsches Verhalten, das er auf einmal wie verwandelt ihr gegenüber an den Tag legte, gaben ihr, warum auch immer, plötzlich das Gefühl, von ihm angeklagt zu werden. Nein, sie wusste diesen unscheinbar wirkenden Mann nicht einzuschätzen. Derartige Männer gehörten nicht zu jenen Kerlen, die sie blenden oder gar mit ihrem raffinierten Auftreten bezirzen konnte.

Während ihr die Gedanken durch den Kopf rasten, trank der in ihren Augen wunderliche Mann völlig teilnahmslos den Rest Milch aus. Später würde sie sagen, dass sie ihm in diesem Moment am liebsten den Milchbart abgewischt hätte, um ihn danach unmissverständlich aufzufordern, das Haus zu verlassen. Aber er hatte sie so verunsichert, dass sie ihm stattdessen ziemlich kleinlaut Rechenschaft abgab, dass es sich bei dem abgebildeten Brautpaar um ihre Schwester und ihren Schwager handele.

Nun war das Erstaunen aufseiten des Hauptkommissars. Er schnellte aus dem Sessel hoch und kopfschüttelnd hastete er zum Schreibtisch. Constanze Cramer sprang ebenfalls auf, und alles deutete darauf hin, dass sie ihm am Jackenärmel festhalten wollte. Zu spät. Der Hauptkommissar zog resolut die Schublade des Schreibtisches auf, wo er zuvor, bei seiner raschen Untersuchung, das erwähnte Foto gefunden hatte. Dieses Bild hielt er nun Constanze Cramer dicht vor die Nase, sodass ihre langen Wimpern beinahe das Hochglanzpapier berührten. Erschrocken stockte ihr der Atem.

»Das sind nicht Sie?«, zischte der Hauptkommissar hervor.

»Nein«, hauchte sie bestürzt. Doch ihre Fassungslosigkeit hielt nicht lange an. »Nein, nein, und nochmals nein, wenn ich es Ihnen doch sage, das bin nicht ich auf dem Foto!«, schrie sie hysterisch. Und da die eindrucksvolle Miene des Hauptkommissars förmlich nach einer vernünftigen Erklärung verlangte, fuhr sie umso nachdrücklicher fort: »Es ist meine Zwillingsschwester, das sagte ich Ihnen doch schon!«

Mit einem Male derangiert wirkend, klopfte sich der Hauptkommissar die Taschen seines Sakkos ab, als suche er nach Zigaretten. Wieder schlug er sich mit der flachen Hand vor die Stirn. »Ach, ich habe mir das Rauchen ja abgewöhnt.« Übergangslos verglich er dann das Bild mit der Frau, die ratlos neben ihm stand. Bei genauerem Hinsehen konnte man Schweißperlen zwischen ihrem niedlichen Näschen und der herzförmig geschwungenen Oberlippe entdecken.

»Unglaublich«, sagte er ehrlich erstaunt. »Ich hätte schwören können ... diese Ähnlichkeit. Und wenn ich es mir erlauben darf, Sie haben sich kein bisschen verändert.« Er machte eine Kunstpause. »Ach so, natürlich nicht Sie, es ist ja Ihre Schwester.« Unnützerweise besah er sich die Rückseite des Fotos, um gleichzeitig zu fragen: »Wo wohnen Ihre Schwester und Ihr Schwager?«

Als habe ein blutrünstiger Unhold sie in die Enge getrieben und ihr die Spitze eines Messers an die Kehle gedrückt, brach Constanze Cramer von einem Moment auf den anderen vor den verblüfften Augen des Hauptkommissars Schnapp und eine Spur zu sehr gespielt physisch und psychisch zusammen, sodass der Hauptkommissar sie abstützen musste. Nachdem er ihr auch half, sich in den Sessel zu setzen, reichte er ihr in mitleidiger Geste ein zerknülltes Taschentuch, das er zuvor umständlich aus seiner Hosentasche fingerte.

»Was ist denn los, Frau Cramer? Geht es Ihnen nicht gut?«

»Doch, doch. Einen kleinen Moment bitte, es wird schon gleich wieder gehen.« Widerwillig nahm sie das ihr gereichte Taschentuch entgegen, um sich damit behutsam die Nasenspitze abzutupfen. »Sie sind tot, beide. Beide sind tot.«

Jetzt ließ sich auch der Kriminalbeamte wieder in den Sessel fallen. »Beide tot? Wie kann das angehen?«

»Ein tragischer Autounfall.« Sie schluchzte herzergreifend auf.

Hauptkommissar Hartmut Schnapp hielt sich nun wie ein Kurzsichtiger das Bild abermals dicht vor die Augen. Ihm schien es auch unbegreiflich zu sein, warum das schöne Paar, das da so lebensfroh und zukunftsmutig von dem Foto in die Welt strahlte, einfach so vom Schicksal ausgelöscht werden musste. »Wann?« Ohne seinen Blick von der Fotografie abzuwenden, fragte er dieses hart formulierte Wort, das sich pietätlos in die nach Trost suchende Stimmung drängte.

»Vor bald auf den Tag genau vier Jahren.« Wieder entfuhr ihr ein affektiertes Aufschluchzen.

»Es geht Ihnen wohl sehr nahe, was?«

»Ja.«

»Deshalb haben Sie das Bild sicherlich versteckt und nicht auf den Tisch oder auf ein Regal gestellt, um es nicht täglich anzusehen zu müssen und erinnert zu werden, oder?«

»Ganz recht!«

Hauptkommissar Schnapp legte das Foto auf seine Knie und zückte erneut Bleistift und Notizblock. »Name?«

»Constanze Cramer.«

Schnapp lachte herzhaft auf, was er jedoch augenblicklich bereute. »Ich hätte von Ihnen gern den Namen Ihrer Schwester und den Ihres Schwagers gewusst, wenn Sie gestatten.«

Constanze Cramer sah plötzlich gar nicht mehr traurig aus. Nein, eine abschätzende Kühle lag nun auf ihrem feinen Damengesicht. »Wozu wollen Sie deren Namen wissen?«

Nun stöhnte Hauptkommissar Schnapp auf. »Liebe gnä… Äh, liebe Frau Cramer. Nehmen wir an, Sie finden irgendwo das kleinste Teil eines riesengroßen Puzzles. Sagen wir, es liegt mitten auf der Straße. Sie heben es auf, halten es verdutzt in der Hand und fragen sich, wozu könnte ich das gebrauchen. Na? Die Antwort wird lauten, ich brauche es nicht, weil ich nichts damit anzufangen weiß, ich weiß es nicht einzuordnen. Aber wären Sie ein Puzzlespieler, und Ihnen fehlte zur Vollendung Ihrer vorangegangenen und mühevollen Arbeit gerade dieses Stück, das Sie schon lange wie die Nadel im Heuhaufen suchen, dann wären Sie froh und glücklich darüber, es zufällig gefunden zu haben.« Man konnte ihm direkt ansehen, dass er stolz auf sich war, diese nette Parabel aus dem Handgelenk geschüttelt zu haben, und er setzte seiner Ausführung noch die Krone obenauf. »Ich bin von Berufs wegen ein Puzzlespieler.«

Constanze Cramer verdrehte vielsagend die Augen, und in ahnungsvoller Vermutung, dass dieser eigenwillige Kerl, der ihr wie ein glupschäugiger Frosch gegenübersaß, nicht eher nachlassen würde, bis er die Namen erfuhr, sagte sie schließlich gereizt: »Jacqueline und Marc Levante!«

Hauptkommissar Hartmut Schnapp nickte zufrieden, und unter lauter Betonung jedes einzelnen Buchstabens übertrug er die beiden genannten Namen in sein Notizbuch. Als er seine akribische Schreibarbeit beendet hatte, steckte er die Schreibutensilien mit eben solcher Gewissenhaftigkeit zurück in die Innentasche seines Jacketts. Während Constanze Cramer ihn zunächst wortlos beobachtete, trat eine beklemmende Konversationspause ein, die unterbrochen wurde, als sie ihm das Taschentüchlein zurückgibt und dieser daraufhin unziemlich durch die gespitzten Lippen pfeift. Im gleichen Moment nimmt er mit festem Griff ihre Hand und sagt: »Was für einen außergewöhnlichen Ring Sie da tragen.«

Wie ein kleines Mädchen, das beim Stehlen von einem Stück Schokolade erwischt worden war, zog sie ruckartig ihre Hand zurück.

»So eine gute Arbeit wird man wohl nicht oft finden, wie?«, hakte der Hauptkommissar verschmitzt lächelnd nach.

»Ja, das ist ein Einzelstück«, erwiderte sie, und eine leichte Röte überzog ihre zuvor blassen Wangen. Als ihr auffiel, dass der Hauptkommissar es bemerkt hatte, sagt sie rasch: »Ich habe diese wunderschöne Arbeit von meinem Vater zur Volljährigkeit geschenkt bekommen.«

Hauptkommissar Hartmut Schnapp wog bewundernd seinen ergrauten Kopf hin und her. »Dann hängen Sie wohl sehr daran, was? Der wird auch einen schönen Wert haben, wie alles hier, wie?« Dabei machte er eine allumfassende Handbewegung.

Man lockte einen Menschen am ehesten aus der Reserve, indem man ihn in Bezug auf sein Einkommen, sein Vermögen und insbesondere seinen gesellschaftlichem Rang und Stand vorsätzlich ein wenig geringer einschätzte, sei es, um denjenigen glauben zu lassen, dass man es ihm schlichtweg nicht zutraute, oder sei es, um ihm offenkundig zu zeigen, dass man einen Allerweltsmenschen vor sich hatte.

»Verehrte Frau Cramer, verraten Sie mir doch bitte, wie eine alleinstehende Frau in Ihrem noch blühenden Alter, wenn ich mich so ausdrücken darf, zu so einem Vermögen gekommen ist. Ich persönlich renne mir bald fünfunddreißig Jahre lang Tag für Tag die Hacken ab und, mit Verlaub, ich könnte es mir nicht erlauben, meinen Urlaub in einem Hotel zu verbringen, das der gehobenen Kategorie Ihres prunkvollen Hauses entspräche, geschweige dass ich meiner Frau, Gott habe sie selig, zu Lebzeiten solch einen Ring hätte schenken können. Sicher haben Sie im Lotto gewonnen, oder?« Bei diesen Worten drohte er ihr schelmisch mit dem Zeigefinger.

»Im Lotto gewonnen?« Constanze Cramer quietschte beinahe überreizt auf. »Wissen Sie denn nicht, dass mein Vater ein angesehener Juwelier war, der sich einige gut florierende Geschäfte aufgebaut hatte? Natürlich, wie sollten Sie das auch wissen. Wie dem auch sei, ich und meine Schwester haben dieses Unternehmen nach seinem Tode übernommen und zu dem ausgebaut, was es heute ist.«

Das hatte gesessen.

»Was! Sie sind die Tochter vom *Brillanten Cramer*?« Der Hauptkommissar war merklich beeindruckt, dabei konnte man allerdings nicht einwandfrei deuten, ob dieses Erstaunen gespielt oder echt war. Denn nach so vielen Dienstjahren hätte jeder Kriminalkommissar, der kurz vor der Pensionierung stand, auf allen Landesbühnen, wenn schon nicht die erste, so zumindest die zweite Hauptrolle spielen können, weil ihm im Laufe der Jahre so viele unterschiedliche Charaktere und so viele Dramen und Komödien Vorbild waren und vorgespielt wurden, dass seine gegenwärtig zur Schau gestellte Bewunderung in der Tat vollendet bühnenreif war.

»Doch, doch, selbstverständlich kenne ich den *Brillanten Cramer*!«, wiederholte er despektierlich, »aber ich bitte Sie ... Verehrteste. Da gab es damals so manche Gaunerei, die ich in einigen Filialen Ihres Herrn Vaters aufgeklärt habe.« Hauptkommissar Schnapp schmunzelte, als er rasch hinzufügt: »Im Rahmen eines Einbruchs natürlich.«

Mit bekannter Geste erfasste er wieder geistesabwesend sein Ohrläppchen und lehnte sich bequem in den Sessel zurück, so als müsse er mit seinem Blick an die Stuckdecke dort oben nach einem Rat suchen.

Constanze Cramer wirkte merklich konsterniert. Sie hüstelte, zupfte sich den Rocksaum zurecht, nahm mit fahriger Hand die Schale zur Hand und stellte sie umgehend wieder ab, als sie schmeckte, dass der Rest Tee ungenießbar kalt war, um dann forsch zu sagen: »War es das?«

Diese drei Worte schienen für den Hauptkommissar wie das Scheppern eines alten Weckers am sehr frühen Morgen gewesen zu sein. Und so, wie man beim letzten Ton desselben glaubt, verschlafen zu haben, so sprang Schnapp unvermittelt nach vorne.

»Wie kommt es, dass Sie einen Ring am Finger haben, der mir von einer Frau Krawuttke unter genauester Beschreibung des Ihren als der Ring angezeigt wurde, den sie von ihrem Mann Otto Krawuttke geschenkt bekommen hatte? Und

des Weiteren frage ich Sie, wie kommt diese durchaus ver-
trauenerweckende Person darauf zu behaupten, Sie hätten
zudem etwas mit dem Verschwinden ihres Mannes Otto
Krawuttke alias Ottmar von Hohenstein zu tun? Ich frage Sie
hier und jetzt, allen Ernstes, Frau Constanze Cramer!«

Über dem Haus bog sich das satte Grün wie ein schützender Schirm, an dem die gleißenden Sonnenstrahlen wie sprühende Funken abtropften. Aus dem lichtgewebten Blättergewölbe erklang eine vielstimmige Musik von tausenderlei Getier. Dazwischen schwirrte der melancholische Gesang des Pirols, den Albert äußerst selten zu Gesicht bekam, da der scheue, zitronengelbe, exotisch anmutende Vogel sich stets in der Kuppel der dichten Pflanzenkathedrale versteckte, aus der sein klares Lied wie das eines frommen Sängerknaben erklang. Er hätte sich diesen besonderen Vogel gerne mal näher angesehen, wenn Pierre ihn schon stetig damit verglich. Aber egal, augenblicklich fühlte er sich wohl. Noch vor wenigen Stunden hatte er mit den Freunden auf der rustikalen Terrasse beim gemeinsamen Mittagessen gesessen und sich an dem vorzüglichen Mahl erfreut, das Julie den beiden Männern zubereitet hatte. Danach tranken sie bei angeregtem Gespräch noch ein Glas Wein. Albert genoss es, mit den dreien zusammenzusitzen. Alles um ihn herum war so unwirklich schön, und er empfand es als einzigartige Freude, noch zu leben. Das seltsame Sonnenlicht in der heißen Mittagstunde faszinierte ihn, das wegen des grünen Blätterdaches grünlich schimmerte. Und weit unterhalb spiegelte sich das azurblaue Meer wie ein gigantischer Spiegel, auf dem die weißen Schiffe mit ihren geblähten Segeln in der flirrenden Luft wie dahinfliegende Möwen aussahen. Leider drängte Julie bald darauf zum Aufbruch, weil sie und ihr Vater im Ort erwartet wurden. Und nachdem Julie mit ihrem Citroën vom Grundstück fuhr, hatte sich Albert zu einem Mittagsschläfchen in seine *Höhle*, wie er es nannte, zurückgezogen. Dieser karg ausgestattete Raum im Anbau des Hauses, der mehr ein Durchbruch im Felsen war, wirkte tatsächlich wie eine Höhle, die von allen Seiten eine angenehme Kühle schenkte, welche die drückende Mittagshitze erträglich machte. Als er dort gesättigt und vom Wein müde auf seiner Pritsche lag, beneidete er Pierre und Julie gewiss nicht, die bei dieser Bruthitze wegen Pierres verletztem Bein einen routinemäßigen Termin beim Doktor wahrnehmen mussten.

Schon eine ganze Weile beobachtete er dösend eine Spinne, die sich vom rauen Stein direkt über ihn aus einem Spalt kommend am hauchdünnen Faden herab spann. Ihn wunderte es, dass dieses fast unsichtbare Fädchen den im Verhältnis doch schweren Leib der Spinne vor einem Sturz ins Nichts bewahrte.

»Hängt dein Leben denn nicht auch an einem seidenen Faden?«, brabbelt er vor sich hin. »Aber wer spinnt ihn? Das Schicksal? Der Zufall?«

Während er darüber nachdachte, kam es ihm so vor, als hinge auch er an einem Faden, an seinem seidenen Lebensfaden, den man bei seiner Geburt vom Himmel herabgelassen hatte. Er runzelte die Stirn, als ihm bewusst wurde, dass dieser Faden eines Tages auch wieder hochgezogen wurde. Was aber passierte mit ihm, wenn er riss? War er denn nur eine Marionette, die man nach belieben tanzen ließ? Was für ein Sinn lag darin? War das Leben denn nur eine belustigende Schelmerei, ein launiger Zeitvertreib, den sich eine höhere Macht aus lauter Vergnügen gönnte? Er musste grinsen. Was für quere Gedanken einem kommen konnten.

Die Fischer fielen ihm ein, die im Hafen stundenlang auf der Kaimauer saßen und ihre Angeln ins Meer hielten und sich daran erfreuten, wenn ein Fisch an der Schnur zappelte. Waren die Fische zu klein, warf man sie zurück ins Wasser, waren sie groß und feist, schlug man sie tot und briet sie anschließend knusprig. Mit einem Male war er keine Spinne mehr, nun fühlte er sich wie ein Fisch an der Angel, der blindlings in den Schicksalshaken gebissen hatte. Aber er war nicht tot. »Nein, ich lebe!« Der Schrei blieb ihm im Hals stecken. Stattdessen stöhnte er laut auf. Es war noch nicht lange her, da wäre der Faden fast gerissen, da hätte ihn die fragliche Macht an einer Felswand totgeschlagen. Nie waren ihm früher derartig trübe Gedanken gekommen, aber seit dem Unfall überkamen sie ihn immer öfter. Unverhofft überfielen sie ihn. Er verglich es mit einer wogenden Flut, die aus den tiefsten Untiefen seiner Gedankenwelt aufbrauste und ihm dann, wie bei einem wehrlos Ertrinkenden, wild schäumend über dem Kopf zusammenschlug.

Er wollte sich ablenken, damit sich die Wogen in seinem Kopf wieder glätten konnten. Er versuchte, sich nur auf die Spinne zu konzentrieren. Ein scheues Lächeln spannte seine dünne Gesichtshaut, als er sah, wie die Spinne geradewegs an ihrem Faden hochkrabbelte und wieder im Felsgestein verschwand. Sie war weg!

Ruckartig bäumte sich sein Oberkörper auf. Als habe jemand in seinem Kopf ein Licht angeknipst, sah er plötzlich ganz klar, was seit dem Unfall im Dunklen lag. *In einer dieser Nischen versteckt sich deine Vergangenheit!*, schreit eine Stimme in seinem Kopf. Das Schicksal oder der Zufall hatte ihm die Spinne geschickt, völlig egal, wer von den beiden es war. Unruhe machte sich in ihm breit. Er zitterte am ganzen Körper.

Sollte er sich sofort vergewissern? Was für eine nervliche Qual! Er brauchte nur aufzustehen und etwa sechs Meter von seiner Liege entfernt in den Winkel hinter den Schrank zu greifen, in dem sich, so viel wusste er jetzt, sein Rucksack verbarg, den er gleich bei seiner Ankunft, nachdem Pierre und Julie ihn am Strand aufgelesen hatten, dort versteckt hatte. In diesem Rucksack war seine wahre Identität!

Unheimlich kam ihm alles vor. Was sollte er nun tun? Wie sollte er sich verhalten? Der Zwiespalt sauste wie ein Beil in seine Überlegungen und hinterließ Unentschiedenheit. Natürlich drängte ihn die Neugierde, jetzt und sofort den Menschen wiederzufinden, der er einmal gewesen war. Aber täte er es, dann wüsste er nicht, wie er sich verhalten sollte. Eines war sicher, und da machte er sich auch nichts vor, die Wahrheit würde ihn aus seinem Paradies hier oben vertreiben und vielleicht sogar in die Hölle schicken. Hier oben hatte er sich ein neues Leben aufgebaut. Hier könnte er als Albert Mertin in Ruhe und Frieden leben. Anderseits könnte ihn da draußen tatsächlich die Hölle erwarten. Aber durch diese Hölle war er doch bereits gegangen, davon zeugte sein Äußeres! Im Grunde wollte er nicht fortgehen, er wollte bleiben, wo er war. Es war doch ein Segen, dass die Freunde, mit denen er das beschauliche Eldorado hier oben in den Bergen teilte, sich nicht an seinem Stigma störten. Sie liebten ihn so, wie er war. Das spürte er jeden Tag mehr. Julie war ihm, seit er aus dem Krankenhaus entlassen wurde, emotional viel näher gekommen. Und manchmal hatte er sogar den Eindruck, dass, wenn sich ihre Blicke begegneten, vor allem wenn es flüchtig und zufällig geschah, ihn nicht Mitleid, sondern Herzenswärme traf. Er sehnte sich doch danach, endlich wieder eine Frau in den Armen zu halten. Neulich hatte er sie zufällig nackt gesehen und wäre vor Verlangen fast verrückt geworden. Aber er wollte jetzt nicht an so was denken, sich nicht selber quälen. Was für ein Tollhaus hatte sich in seinem Schädel eingenistet?

Er schob es auf den Rotwein, der ihm solche Gedanken bescherte. Dennoch, er musste endlich eine Entscheidung treffen. Er befand sich in einer verdammt verzwickten Lage. Selbst wenn er sich für Albert Mertin entschied, würde ihn sein zweites Ich nie mehr zur Ruhe kommen lassen. Bei allem und jedem würde sich der fremde Mann in ihm dazwischendrängen, ein Leben lang! Umso deutlicher spürte er, dass er an einem Scheideweg angelangt war. Sollte er nun tatsächlich die Abzweigung zu seinem alten Ich nehmen? Das bedeutete allerdings wieder einmal, Abschied nehmen zu müssen. Abschied von Albert Mertin. Abschied von Pierre. Abschied von Julie.

Ihm war zum Heulen. Er schielte zu der Wand, die sein Geheimnis bewahrte. Seine Neugierde war kaum noch auszuhalten. Öffnete er den Rucksack, dann erfuhr er seinen richtigen Namen und die Adresse in der »anderen Welt«, aus der er warum auch immer verschwunden war. Obwohl die Ungeduld ihn quälte, seine Nerven sich bis zum Bersten anspannten, schaffte es der Körper nicht, aufzuspringen und den Rucksack ans Licht zu zerren. Aber es drängte ihn doch!

Nein, ich will nicht!

Langsam, ganz langsam machte er Anstalten, aufzustehen. Und als er auf der Bettkante saß, wurde er ganz steif, weil er glaubte, eine Stimme zu hören. Angestrengt lauschte er. Die Stimme kam nicht von außen, sie saß zwischen seinen

Ohren. Lauter und lauter wurde sie. Mit verkrampften Gesichtsmuskeln hielt er sich die Ohren zu, was dazu führte, dass die Stimme zu schreien begann, ein Verzweiflungsschrei war es. Und kurz darauf begann der unsichtbare Mann, der in der Einsamkeit seiner selbst hockte, zu weinen und zu schluchzen, weil ihn die Sehnsucht nach der Vergangenheit plagte. Auch Albert Mertin begann zu jammern. Er fühlte sich matt und elend. Sein gesamter Körper war plötzlich wie gelähmt, was im völligen Widerspruch zu dem Wirrwarr in seinem Kopf stand.

Sein Blick fiel auf die offenstehende Türe. Er hatte das Gefühl, dass die bleierne Hitze förmlich zu ihm hin kroch. Müdigkeit überwältigte ihn. Der Wein und das üppige Mahl taten ihr übriges. Außerdem war ihm schwindelig. Den Rucksack konnte er auch nachher noch hervorholen, wenn er sich ein wenig ausgeruht hatte.

Er ließ sich auf sein Bett zurückfallen und schlief sofort ein.

Wie lange er geschlafen hatte, vermochte er zunächst nicht zu sagen. Hatte er etwa wieder Stimmen gehört? Es fiel ihm schon schwer, nur die Augen zu öffnen. Er fühlte sich total gerädert. Bleischwer lagen seine Glieder an seinem ausgetrockneten Körper. Die Zunge klebte ihm am Gaumen, als habe er tagelang, ohne einen Tropfen Wasser zu sich zu nehmen, eine glühende Wüste durchquert. Nein, diesmal handelte es sich nicht um eine Wahnvorstellung. Nun erkannte er deutlich Julies Stimme. Pierre und Julie waren heimgekehrt.

Auf der Terrasse ließen sich die beiden erschöpft in die bequemen Rattansessel fallen. Pierre, der nach dem Unfall mächtig an Körperfülle abgenommen hatte, schwitzte dennoch dermaßen, dass ihm das Wasser aus allen Poren rann.

»Lass mich nur einen Augenblick durchatmen, Papa, dann hole ich uns ein kaltes Getränk.«

»Es geht schon, Kind, hier lässt es sich einigermaßen aushalten. Ah, spürst du diese linde Brise?«

Auch Julie atmete tief die Meeresbrise ein, die durch das dichte Blätterwerk wie durch einen kühlenden Filter heraufwehte. Und nachdem sie ihren Vater prüfend angeschaut hatte, fragte sie: »Bist du zufrieden, Papa?«

Pierres wettergegerbtes Gesicht verzog sich zu einem breiten Grinsen. »Ich bin froh, dass der Doktor mit mir zufrieden ist und diese lästigen Untersuchungen bald aufhören.«

»Er ist nicht mit dir zufrieden, sondern mit deinem Bein, Papa.«

»Ja, ja, ja … ja, ich weiß schon, kein Nikotin, kein Alkohol, nicht so fett essen, ich soll mir mehr Schlaf gönnen und so weiter und so fort. Was will er denn eigentlich, der alte Halsabschneider, will er wirklich, dass ich gesund werde?« Pierre wartete nicht die Antwort seiner Tochter ab. »Nein, das will er sicher nicht! An mir verdienen will er, weiter nichts. Ein Arzt, der nur gesunde Patienten hat, wird eines Tages zum Bettler werden, weil er nichts mehr zu tun hat!«

»Du und deine Logik, Papa.«

»Meine Logik ist die Wahrheit! Nein, nein, es ist schon alles gut, wie es ist, Kind. Schau, ich brauche bald keine Krücken mehr, das Essen, der Wein und meine Gitanes schmecken wieder, dieser herrliche Sommer wird mir alle Freuden des Lebens zurückbringen, es gibt eine reichliche Zitronenernte dieses Jahr, du wirst immer hübscher und ... hör nur! Der Pirol ist auch endlich wieder zurückgekehrt. Hör nur, mit welcher Inbrunst er singt.«

Julie legte ihren Kopf in den Nacken und versuchte angestrengt, den Vogel im Dickicht der Baumkronen zu entdecken. »Apropos Pirol, Papa«, sagte sie dann nachdenklich, »wie soll es letztlich mit Albert weitergehen?«

Pierre war verwundert. »Was soll wie weitergehen?«

»Na, wir haben seinetwegen Schulden gemacht. Seine aufwendige Behandlung, die Nachsorge, all das haben wir bezahlt. Von dem, was du ihm an Lohn gibst, kann er nie die hohe Summe zurückzahlen.«

Pierre schaute seine Tochter nachdenklich an. »Ich versteh nicht«, sagte er schließlich.

»Willst du sie ihm erlassen?«, fragte Julie mit Nachdruck.

Pierre sah seine Tochter teils ernst, aber wiederum auch gütig an. »Heirate ihn, Kind, und die Schulden werden zu seiner Mitgift. Ich brauche dir gegenüber nicht zu verschweigen, dass ich viel von ihm halte, auch wenn ich mir sicher bin, dass es eine dunkle Stelle in seinem Leben gibt, aber ist er nicht gestraft genug? Ich habe Mitleid mit ihm, und eines Tages wird auch seine vollständige Erinnerung wiederkehren und er wird sein Herz bei mir ausschütten wie bei einem Vater. Er ist mein Freund.«

Julie war völlig irritiert. Möglicherweise dachte sie darüber nach, wie ihr Vater dazu kam, ihr vorzuschlagen, diesen Mann zu heiraten, der ihr vom ersten Tag an unnahbar erschienen war. Ganz abgesehen davon, dass sein Äußeres beinahe gruselig entstellt war. Schließlich sagte sie: »Auch ich habe Mitleid mit ihm, Papa, aber kann Mitleid Liebe ersetzen?«

»Nein, mein Kind, Mitleid ersetzt keine Liebe, aber aus Mitleid kann Liebe erwachsen.«

»Aber Liebe lebt doch auch von der äußerlichen Schönheit, Papa.«

»Ach Kind, Schönheit ist so oberflächlich wie ein schön gemaltes Bild im Regen. Die Schönheit ist ein Blender, ein Heuchler. Aus ihr erwächst keine Liebe, sondern Eifersucht, Hass und Gewalt. Um wie viel mehr ist da die alltägliche Gewohnheit ein festes Fundament für eine dauerhafte Beziehung, ohne Rücksicht auf äußere Ideale nehmen zu müssen. Diese Gewohnheit belohnt mit einem fürsorglichen Zusammenleben, in dem einer für den anderen einsteht. Glaube einem alten Mann. Liebe fesselt, aber Gewohnheit ist ein starkes Band, das nicht knebelt.« Wehmut zeichnete sich in seinem Gesicht ab, und seine Stimme war leise geworden, als er seiner Tochter gestand: »Deine Mutter und ich haben nicht aus Liebe geheiratet.« Er machte eine Pause. »Aber als sie starb, da wusste ich, dass ich sie liebe. Sie genau so geliebt habe, wie ich dich liebe, mein Kind!«

Julie erhob sich. Sie stellte sich hinter ihren Vater und massierte ihm zärtlich das Genick und die Schultern. »Ich liebe dich auch, Papa, und vor allem liebe ich deine Weisheiten.« Zärtlich küsste sie ihn auf die bartstoppelige Wange. »Und jetzt bereite ich uns eine erfrischende Zitronenlimonade zu, mit vielen Eiswürfeln darin. Einverstanden?« Sie sah sich fragend um. »Wo ist eigentlich Albert?«

Pierre schüttelte den Kopf. »Er hat mir nicht gesagt, wo er hingehen wird. Vielleicht hat er sich im Zitronenhain ein lauschiges Plätzchen gesucht. Aber geh nur, Kind, wir beide können eine Erfrischung gebrauchen.«

Julie nickte ihm lächelnd zu, und stolz sah er ihr nach. Als sie fast im Haus verschwunden war, ruft er: »Halt, solltest du ein Schlückchen Absinth ins Glas mischen, wäre ich dir nicht böse deswegen.«

Ihr helles Lachen erklang. »Ich muss mich berichtigen, Papa, ich liebe nicht alleine deine Weisheit, ich liebe auch deinen Humor und deine Hartnäckigkeit.«

Als sie im Seiteneingang zur Küche verschwunden war, zündete sich Pierre seine geliebte Gitanes an. Entspannt lehnte er sich in den Sessel zurück und blies den Rauch aus Mund und Nase. In seiner behaglichen Zufriedenheit bemerkte er zunächst nicht, dass sich Albert von hinten näherte.

Vieles hatte Albert von dem Gespräch mitbekommen, mehr, als ihm lieb war. Aber selbst, wenn er sich zu anfangs hätte bemerkbar machen wollen, vor lauter Schläfrigkeit fühlte er sich außerstande, und als er vernommen hatte, dass auch über ihn gesprochen wurde, musste er wie aus einem inneren Zwang heraus aufmerksam lauschen, obwohl es ansonsten nicht seine Art war, vor seinen Freunden Heimlichkeiten zu haben.

»Geht es dir gut, Pierre?«

Pierre fuhr herum. »Mein Gott, Albert, du hast mich erschreckt.«

Albert lächelt gequält. »Hast du etwa Angst vor mir?«

Nun sah Pierre ihn böse an. »Rede nicht so einen Unsinn und setz dich lieber neben mich. Julie wird dir gleich auch etwas zu trinken bringen. Aber sag, wo hast du gesteckt?«

Als Albert sich neben seinem alten Freund niedergelassen hatte, meinte er, ohne auf Pierres Frage direkt zu antworten: »Auch wenn ich zum Fürchten aussehe, ich weiß, dass du keine Angst vor mir hast.« Schmunzelnd griff er nach der Zigarettenschachtel, nahm sich eine Zigarette heraus, und während er sie entzündete, brummelte er: »Angst, lieber Pierre, kommt nie von außen, sie kommt immer von innen. Dein Gewissen hat dich wohl erschreckt?«

Pierres Lachen war heiser. »Ich widerspreche dir ja nur ungern, aber mein Gewissen ist so klar und rein wie Julies prächtigsämige Fischsuppe.« Und dann sah Pierre ihn lange und durchdringend an. »Hast du etwa mit angehört, was soeben gesprochen wurde?«

Albert nickte schweigend. Beide Männer zogen begierig den Rauch ihrer Zigaretten ein. Außer dem Zwitschern des Pirols und Julies fröhlich gepfiffenem Lied, das aus dem Haus geflogen kam, hörte man nur noch, wie die Freunde den Rauch aus ihren Lippen bliesen, als sollten damit auch ihre Worte ungesagt verschwinden. Und als das Schweigen für Pierre unerträglich wurde, platzte er heraus: »Es tut mir leid, über dich gesprochen zu haben anstatt mit dir.«

Albert atmete tief durch. »Nein es muss dir nicht leidtun. Ich ... ich schäme mich. Ich schäme mich von ganzem Herzen, wie ein Blinder durch die Welt gerannt zu sein, im Glauben ... Wie heißt es noch so schön, sie säen nicht, sie ernten nicht und der liebe Gott ernährt sie doch? So kommt es mir jetzt jedenfalls vor, nachdem ich mir über eure Worte Gedanken gemacht habe.« Freundschaftlich legte Albert seine Hand auf Pierres kräftigen Unterarm. »Ich versichere dir, dass mir nie der Gedanke gekommen ist, dass du finanziell dafür gesorgt haben könntest, damit mir im Krankenhaus geholfen wird.

Die Gedanken in meinem Kopf waren wie ausgelöscht. Ich habe in der Zeit nach dem Unfall gefühlt wie eine Eintagsfliege, die keine Vergangenheit und keine Zukunft hat, die nur froh ist, dass sie in den dürftigen Stunden ihres allzu kurzen Lebens nicht noch vorzeitig von der Klatsche getroffen wird. Ach Pierre, ich habe in dem Zustand, in dem ich direkt nach dem Unfall war, nicht daran geglaubt, dass ich das überhaupt überleben werde.« Mit unglücklichem Gesichtsausdruck schaute er durch das im Sonnenlicht jadefunkelnde Gesträuch an den Rändern des Grundstücks entlang hinab in die Tiefe, wobei es ihm vorkam, als flöge er wirklich mit den Augen eines Vogels durch die Lüfte. Dabei streifte sein Blick die verwinkelten, rostroten Dächer von Mentons Altstadt, aus der wehrhaft die Turmspitze der Kathedrale Saint-Michel und die des Kapuzinerklosters L'Annonciade ragten, und weiter hinweg über das Meer in die endlos anmutende Freiheit, die sich irgendwo am Horizont wie ein tröstliches Zeichen der Ewigkeit mit dem gläserblauen Himmel zu vereinigen schien.

»Woran denkst du?« Pierres Frage klang drängend.

Nach einer zögerlichen Weile sagte Albert fest und bestimmt: »Ich denke, daran weiterzu*fliegen*, teuerster Freund. Es wird Zeit für mich, mir ein geeignetes Winterquartier zu suchen, auch wenn mir hier bei euch im Augenblick noch die Sonne des Sommers das Herz erwärmt, aber bald schon wird es wieder Herbst sein, und wer dann keine endgültige Bleibe hat, wird keine mehr bekommen.«

Sichtlich betroffen verharrte Pierre. Und nach einer Weile der Ratlosigkeit sagte er gequält: »Ich werde dich nicht daran hindern, mein flügge gewordener Pirol. Ich habe dir von Anfang an versprochen, dass ich an dem Tag, an dem du mit dir ins Reine gekommen bist, ohne jede Bedingung und ohne jede Vorhaltung deinen Käfig öffnen werde. Er ist offen, fliege nur fort.« Seine Worte gerieten ins Stocken, als versagte ihm die Stimme. Und so war der Satz »Fliege der Sonne entgegen, mein kleiner Pirol, auf dass dein Schatten auf Erden zu dem eines Adlers wird« kaum noch zu vernehmen. Nein, Pierre sprach nicht von Schulden, die sein Freund ihm gegenüber hatte. Er sprach auch nicht davon, dass er es gerne sehen würde, wenn sich der freiheitsliebende Pirol für immer und ewig von seiner Julie einfangen ließe. Nein, von alledem erwähnte er nichts.

»Doch eine Bitte habe ich«, sagte er nun mit fester Stimme, »komm zurück, wenn der Winter vergangen ist. Meine Tür steht dir immer offen! Aber nun schweig, Julie kommt!«

Die Entscheidung

Im Haus war alles still. Draußen strich der milde Wind wie ein vorwitziges Nachtgespenst um das schiefe Bruchsteingemäuer. Von nassen Wolkenfetzen bedeckt, schlief der vergangene Tag ermattet im düsteren Geäst. Nur eine einsame Fledermaus huschte ab und zu durch die blinde Dunkelheit. Irgendwo heulte ein streunender Köter in die unergründliche Schwärze der gegenwärtigen Stunde.

Bei flackerndem Kerzenschein saß Albert schlaflos am Tisch in seiner Höhle, den Kopf gedankenschwer in die Hände gestützt. Die zuckende Flamme um den Docht warf fliehende Schatten an die Wand. Trugbilder, die den vom Kampf mit sich selbst Gebeutelten zu verhöhnen schienen. Vor ihm lag der Rucksack wie ein Orakel, das nur angerufen zu werden brauchte. Aber wollte er wirklich die vollständige Wahrheit über sich wissen, jetzt und überhaupt? War die erprobte und bewährte Lüge denn nicht viel schmeichelhafter und verlockender für ihn? Wenn er jetzt den Rucksack öffnete und den Ausweis begutachtete, der sich darin befand, bedeutete dies unweigerlich das Todesurteil für Albert Mertin, den Vagabunden aus dem Nirgendwo. Aber dieser gewagte Schritt zur Gewissheit bedeutete auch die Neugeburt seines alten Ichs. Was mochte wohl schmerzlicher für ihn sein, der Todesschmerz des einen oder der Geburtsschmerz des anderen? Was wäre überhaupt gewesen, wenn er den

Unfall nicht überlebt hätte, fragte er sich. Wäre das nicht besser für ihn gewesen? Aber wer hinderte ihn daran, seinem Leben jetzt noch selbst ein Ende zu setzen? Es wäre doch ein Leichtes! Man sagte im Allgemeinen, man habe Angst vor dem Tod, dabei war das reiner Quatsch, sprach er zu sich. Das Leben machte doch sehr viel mehr Angst. Denn wenn der Tod kam, erlebt man ihn nicht mehr, so einfach war das. Aber was war dann?

Albert kam der Gedanke, dass die allgemeine Vorstellung, dass nach dem Tod alles vorbei war, reiner Selbstbetrug sein könnte. Und dann? Vielleicht sehnte er sich irrwitzigerweise nach einem endgültigen Ende, nicht nur, um sein Gewissen zu beruhigen, sondern auch, um Klarheit zu finden. Um wie ein gewiefter Kaufmann einen Schlussstrich unter Soll und Haben, unter die Zeit als solches zu ziehen, die jeder zu Lebzeiten oft genug betrog! Aber nichts da, sagte er sich sofort, die wirkliche Angst vor dem Tod ist nur ein Ahnen, ein fades Schmecken des danach Kommenden, die Angst, vor dem höchsten Richter haarklein Rechenschaft für sein Tun und Handeln ablegen zu müssen, ohne all die Bilanzfälschungen, die man als böser, irdischer Winkeladvokat betrieb. Denn würden die Menschen tatsächlich ernsthaft daran glauben, dass mit dem physischen Dahinscheiden alles erledigt und vorbei wäre, dann wäre die Welt ein noch größeres Tollhaus, als sie es ohnehin schon war. Und sogleich grübelte er darüber nach, ob der allerhöchste Richter im Himmel ihm möglicherweise eine zweite Chance geben wollte. *Ja!*, bestimmte er für sich. *Ja, so muss es sein, sonst hätte ich den Unfall nicht überlebt!* Und ja, er wollte diese zweite Chance nutzen, und dafür musste er mit seiner Vergangenheit umgehend ins Reine kommen. Es gab kein Zurück mehr. Es musste sein, so schnell wie möglich, auch wenn die Vergangenheit ihn wie ein abscheuliches Untier empfangen sollte.

Hastig löste er die Verschnürung des Rucksacks. Wild entschlossen zerrte er den Verschluss auseinander. In Erwartung, was er zum Vorschein bringen würde, griff er bis in die Haarspitzen angespannt hinein. Der erste Gegenstand, den er zu fassen bekam, war seine Brieftasche. Mit fahrig zitternder Hand hielt er sie näher an das Kerzenlicht. Umständlich, aber behutsam klappte er die Lederhälften auseinander, als wäre der Inhalt hochexplosiv. Blinzelnd, um den Blick besser fokussieren zu können, blätterte er zwischen allerlei Papieren und Scheckkarten herum, bis er ... bis er seinen Personalausweis, seine wahre Identität in den Händen hielt. Kritisch studierte er das Dokument. Das Bild des Mannes mit den unversehrten, markanten Gesichtszügen, das sich ihm behördlich abgebildet darbot, stimmte unleugbar mit der Person überein, die sich in seinem Körper versteckte.

»Der da ... der da bin ich!«, murmelte er. »Ich bin Marc Levante und nicht dieser vom Feuer entstellte Lügner und

Betrüger Albert Mertin. Marc Levante lebt ... er ist in dieser Sekunde wiedergeboren worden!«

Während im schummrigen Funzelschein der Kerze um ihn herum absolute Grabesstille herrschte, begannen in seinem Kopf die bis dahin undurchsichtigen Schleier des Vergessens wie ein poröser Theatervorhang in tausend Fetzen zu zerreißen. Er hatte das Gefühl, dass sein Blut vor Aufregung schäumte. Wie Paukenschläge trommelte es in seinen Ohren, als wäre der Wirbel der Auftakt des Eröffnungsaktes eines Stückes, das auf seiner Lebensbühne stattfand. Sein Leben wurde gespielt, und er war als Hauptakteur zum Zuschauer degradiert worden. Zwischen den tanzenden und umherspringenden Erinnerungen trat er als ein theatralisch agierender Tränenbajazzo auf, der ihm die Szenen seines eigenen gelebten Lebens vorspielte, in dem er noch Marc Levante hieß.

Entsetzt warf er den Ausweis auf den Tisch, als brenne er wie Feuer in seiner Hand. Er konnte diesen gut aussehenden Mann, der ihn auf dem Foto lebensbejahend und zuversichtlich anschaute, nicht eine Sekunde länger ertragen. Er legte es beiseite. Auch wenn das Gefühl in ihm aufstieg, sich vor Aufregung übergeben zu müssen, noch gab er sich nicht mit seinem Fund zufrieden. Erneut wühlte er im Rucksack herum, bis ihm schließlich ein weiteres Foto zwischen die zitternden Hand geriet. Sein Atem stockte. Er zog sich die

Kerze näher heran, um besser sehen zu können. Aber so intensiv er die Szenerie darauf betrachtete, und so angestrengt er auch überlegte, spontan ergab es keinen Sinn. Mit beiden Daumenkuppen rieb er sich die Schläfen, als bedürfte es nur einen Knoten im Kopf zu lösen, damit sich das Gewirr darin verlor. Das Hirn schmerzte ihm schon vor lauter Anstrengung, um das Gesehene rational erfassen zu können. Was bedeutete das?

Im Vordergrund des Bildes erkannte er jetzt deutlich ein glücklich lächelndes Paar, das von einem Portal umrahmt wurde, an dem zu beiden Seiten jeweils ein steinerner Löwe den Eingang zu einer hochherrschaftlichen Villa bewachte. Links davon posierte er als Marc Levante, gekleidet in festlichem Anzug. Daneben eine wunderhübsche Braut mit hochgestecktem, brünettem Haar. Sie trug ein formvollendetes Kostüm, und in den Händen hielt sie einen monströs geratenen Blumenstrauß. Alles an ihr war schön. Sie strotzte geradezu vor Schönheit und Anmut.

Er kannte diese Frau. Kein Zweifel, es handelte sich hier um ein ... um sein Hochzeitsfoto! Er musste aufpassen, dass es kein Feuer fing, so nah hielt er es ins Kerzenlicht. Ihr Name? Wie war ihr Name? Seine Unruhe verstärkte sich, als ihm der Name nicht sofort einfiel. Es war zum verrücktwerden. Der Trommelwirbel wurde lauter in seinem Kopf, und ein bedrohlich anmutendes Zischen vermischte sich darunter, sodass er glaubte, es würde ihm jeden Augenblick den Schädel auseinandersprengen.

Nein, nein, nein, das ist doch unmöglich, es kann doch nicht Geraldine sein, die Krankenschwester! Quatsch! Fing er schon total zu spinnen an?

Nie und nimmer konnte Geraldine seine Frau sein!

»Aber, da gibt es nichts zu deuteln«, ächzte er, »die attraktive Frau mit dem bezaubernden Lächeln sieht Geraldine zum Verwechseln ähnlich!«

Deshalb hatte ihm ihre Nähe jedes Mal so gutgetan.

Natürlich war es nicht Geraldine. Schließlich strömte mit seinem aufgewühlten Blut jäh ein Name in jenes Areal seines Gehirns, in dem das Erlebte wie in einer Schatzkammer aufbewahrt wurde. Diese Frau, die er auf dem Foto sah, war Jacqueline! Jacqueline Levante ... seine Frau! Und während er das Foto teils freudig berührt, teils auf sonderbare Weise voller Schmerz und schuldbewusst angaffte, verschwammen die Konturen darauf immer mehr zu verwegenen, sich bewegenden Fantasiebildern, bis sich ein scheußlicher Kopffilm vor seinen Augen abspulte. Nun fiel ihm auch ein, dass er diesen Film schon einmal im Krankenhaus ansehen musste, damals, als er in sich versunken und grübelnd am Tisch saß.

Eine Frau steuert einen rasch dahinbrausenden Wagen. Daneben sitzt ein Mann. Ein weiterer befindet sich auf der Rückbank. Der im Fond scheint eine Pistole in der Hand zu halten. Plötzlich entsteht zwischen den Männern ein Handgemenge. Das Auto rast wie ein abgeschossener Pfeil eine Böschung hoch. Es überschlägt sich. Die hinteren Türen springen krachend auf. Einer der Männer wird in weitem Bogen herausgeschleudert. Blech zerschellt explodierend an einem Brückenpfeiler. Hinter zerberstenden Scheiben zucken für wenige Augenblicke zwei eingeklemmte Menschen im Flammeninferno. Unweit entfernt steht eine erstarrte Erscheinung und schreit den Namen der Frau: »Jacqueline!«

Der gellende Ruf des Frauennamens, den er in seinem Wahn deutlich und klar hörte, hallte in seinem Kopf wie ein sich stets wiederholendes zynisches Echo nach und löste eine unerträgliche Angst hinter dem Brustbein aus, die ihm das Herz zuschnürte. Dabei überfiel ihn die Gewissheit, dass das, was er soeben in seiner Fantasie gesehen hatte, einstmals Realität war, in der den beiden Menschen in dem brennenden Auto etwas Grausiges zugestoßen sein musste. Unbändige Hektik erfasste ihn nun. Er wühlte blindlings in dem Stoffsack herum und bekam einige Papierbündel zu fassen. Verdutzt legte er das erste Bündel auf den Tisch. Geldscheine! Geldscheine, die mit einer Banderole versehen waren. Weitere Bündel kramte er ins Kerzenlicht. Als er schon glaubte, nichts mehr zu finden, spürte er einen harten Gegenstand an seinen Fingerkuppen, der sich beim Herausziehen als eine Pistole entpuppte.

So als haftete noch Blut daran, hielt er sie mit abgespreizten Fingern von sich weg. Skeptisch bestaunte er das Ding von allen Seiten, um dann erleichtert festzustellen, dass es sich lediglich um eine Spielzeugpistole handelte. Wozu in aller Welt schleppte er eine Spielzeugpistole mit sich herum? Und woher stammte das viele Geld?

All diese abstrusen Fundsachen gaben ihm mehr Rätsel auf, als sie das eine große gelöst hätten. Insgesamt zählte er dreißigtausend Euro. Ein hübsches Sümmchen! Das alles aber ergab keinen Sinn. Fern der Heimat lebte er quasi von der Hand in den Mund, und dabei besaß er ein Vermögen.

Am nächsten Morgen stand Marc alias Albert Mertin schon sehr früh auf. Noch war es dämmrig draußen. Er öffnete unausgeschlafen die Türe zur Terrasse. Es regnete dünne Bindfäden, die alles geräuschlos benetzten und vom Staub des vergangenen Tages reinigten. Tief atmete er die frische Luft ein, seine Augen gewöhnten sich rasch an die zwielichtige Dunkelheit.

Aus dem halb geschlossenen Fenster der obersten Kammer, in der Pierre schlief, drang rasselndes Schnarchen, was Marc ein wehmütiges Lächeln abrang. Julies Unterkunft befand sich nach hinten zur dicht bewaldeten Böschung, aber sicherlich schlief auch sie noch tief und fest. Er verweilte. Die Schatten um ihn herum wurden nun für ihn ein Abglanz seines Paradieses. Gute Jahre hatte er hier verbracht. Ein Wink des Schicksals, der ihn hierherführte. Oder gab es gar kein fadenscheiniges Schicksal, sondern nur eine klare, deutliche Bestimmung? Egal, wie dem auch gewesen sein mochte, er hatte mit diesen beiden Menschen zwei richtige Engel auf Erden gefunden, und die konnte ihm nur der Himmel geschickt haben. Davon war er in diesen Minuten zutiefst überzeugt. Was hätte er nur ohne sie getan?

Er befand sich auf der Flucht, so viel war sicher. Deshalb hatte er einen anderen Namen angenommen, mit dem er aber ohne echte Legitimität und trotz seines vielen Geldes niemals in einem Hotel hätte abtauchen können, ohne dass man ihm auf die Spur gekommen wäre. Aber vor wem und warum war er auf der Flucht? Diese Frage plagte ihn unentwegt.

Ich muss es unbedingt herausbekommen! Ich muss es herausfinden, um wieder als Marc Levante leben und atmen zu können! Ich muss die verdammte Lücke, die der Unfall in mein Gehirn gerissen hat, wieder mit den vollständigen Ereignissen von damals füllen, und wenn sie noch so brutal und niederschmetternd sind. Viel schlimmer war es, im Ungewissen zu bleiben. Denn nur einem Gegner, den man kannte und sah, konnte man sich entgegenstellen.

Diese Gedanken gingen pausenlos wie ein raunendes Luftgeschnatter in seinem Kopf herum. Dabei wollte er immer wieder die ihn marternde Frage verdrängen, wo seine Frau abgeblieben war.

Sein momentaner Verstand reichte nicht aus, um zu verstehen, wie ein augenscheinlich geliebter Mensch im Bewusstsein einfach so verschwinden konnte. Es gab keinen Zweifel, er musste diese Frau einmal geliebt haben, sehr, sehr geliebt haben. Sein neu erwachtes, verlangendes Gefühl für sie zeigte es ihm überdeutlich. Und sie alleine war es, so viel war ihm nun auch klar, die in seinem Unterbewusstsein wie eine unüberwindbare Mauer zwischen ihm und Julie gestanden hatte. Julie war bezaubernd und begehrenswert, er war nicht mit Blindheit geschlagen, und dennoch ... Bei jedem Versuch, sich ihr zu nähern, gab es etwas in ihm, das ihn jedes Mal zurückgehalten hatte. Es konnte nur die große Liebe zu Jacqueline gewesen sein.

Die Feuchtigkeit, die auf seiner narbigen Haut kleben blieb, tat ihm gut. Der milde Nachtregen hatte nach den brütend heißen Tagen überdies eine angenehme Abkühlung gebracht. Mit weit ausgebreiteten Armen stand er nun auf der Terrasse, und das Wasser tropfte ihm aus dem inzwischen klitschnassen Haar über das Gesicht. Zuvor hatte er sich das Hemd ausgezogen, und am liebsten hätte er laut geschrien vor Behagen. Die Hölle hatte ihn freigegeben, er wusste, wer er war! Für einen Moment vergaß er sogar seinen entstellten Körper, der ihn für alle Zeit brandmarkte und zum Zeugen seiner Schuld geworden war.

Unter dem triefenden Regen, der über seine Wangen rann, mischte sich mehr und mehr das Wasser seiner Tränen.

Die Nacht hatte sich endgültig verzogen, und der Morgen war ihr schleichend gefolgt. Die Sonne zwängte sich schon wieder stechend durch alle Ritzen, obwohl es hier und da noch vereinzelt aus den Bäumen tröpfelte. Nur mit seinem Nachthemd bekleidet, betrat Pierre noch verschlafen die Terrasse, um seine morgendlichen Gymnastikübungen zu absolvieren. Für gewöhnlich wurde er dabei von seinem deutschen Freund heimlich beobachtet, der ihm am Ende seiner Übungen belustigt applaudierte. Sie nahmen sich gerne gegenseitig auf den Arm. Während Pierre mit dem Dehnen und Strecken der Arme zu Ende gekommen war, spähte er verstohlen über die Schulter, weil der Applaus ausblieb. Es regte sich nichts. Auch Julie war an diesem Morgen noch nicht zu sehen und zu hören, was keineswegs verwunderlich war, da sie sonntags gerne länger schlief.

In all der friedvollen Ruhe und Beschaulichkeit bereicherte plötzlich das tirilierende Lied des Pirols die traumhafte Idylle. Pierre blieb wie angewurzelt stehen, da sich der sehr scheue Vogel nur wenige Meter von ihm entfernt geradewegs zutraulich auf die Lehne des dort stehenden Sessels niederließ und aus voller Kehle seine hellen, klaren Töne schmetterte. Was für ein Anblick. Die blanken Äugelein des

Tieres funkelten aus verdreht gelegtem Kopf neugierig zwischen dem zitronengelben Federkleid hervor, und das schwarz glänzende Flügelpaar wippte unternehmungslustig im Takt. Pierre hätte am liebsten nach Julie oder Albert gerufen, um ihnen den schönen Vogel zu zeigen. Aber dann hätte er ihn aufgeschreckt, und das Tier wäre sicher davongeflogen. Also verharrte er fasziniert, und es war schwer zu deuten, wer von den beiden erstaunter über den jeweils anderen war. Der Vogel über den sonderbaren Menschen mit langem Hemd und borstiger Glatze auf kugelrundem Kopf, oder der wie angewurzelt dastehende Mann über das prachtvolle Geschöpf, das dem vielversprechend beginnenden Tag sein schönstes Lied sang. Doch dann geschah das, was Pierre am liebsten vermieden hätte: Der Vogel flog davon.

Ein gellender Schrei aus dem Haus hatte den famosen Sänger zusammenfahren lassen, und mit einem respektlosen Schiss auf die Sessellehne flatterte er auf und verschwand im nahen Dickicht. Auch Pierre schnellte herum und schaute verwundert zur Tür, die Julie in diesem Moment aufstieß und mit irgendetwas in der Hand herbeigerannt kam.

»Papa! Papa, Albert ist fort, so lies doch nur! Und Geld hat er zurückgelassen, viel Geld. Es liegt ausgebreitet auf dem Küchentisch!

Marc war froh, dass er sich zu dem durchgerungen hatte, wovon er zunächst nicht geglaubt hatte, es schaffen zu können. Seit Stunden saß er nun schon alleine im geschlossenen Abteil eines Zuges, der ihn auf gerader Schiene nicht nur nach Deutschland, sondern dorthin bringen sollte, von wo er vor Jahren überstürzt geflüchtet war. Dass er alleine im Abteil saß, empfand er als angenehm. Aufregung und Glück hatten sich in seiner Brust zu Wohlbehagen verbündet, auch wenn ihn auf den ersten Kilometern das Gewissen quälte, aber dieses lang vermisste Gefühl wollte er sich nicht von fremden Augen zerstören lassen. In aller Frühe war er abgehauen. Julie und Pierre würden, nachdem sie aufgestanden waren, nur noch seinen Abschiedsbrief vorfinden, wenn man das viele Geld einmal außer Betracht ließ.

Marc atmete tief durch, als wolle er damit zusätzlich Ruhe und Abgeschiedenheit einatmen. Er brauchte die Ungestörtheit zum einen, um unbehelligt seinen Gedanken nachgehen zu können, und zum anderen hasste er es, wenn ihn die Leute auf engstem Raum so ungeniert anstarrten. Er war doch kein Monster, oder?

Der ICE schwebte förmlich über die Gleise, und das sanfte Ruckeln und Schaukeln trug dazu bei, dass ihm von Zeit zu Zeit die Augen zufielen. Wenn er kurz schlief, wurde er zumindest von dem Gedanken erlöst, ein Feigling zu sein, denn nur Feiglinge, so sagte er sich, machten sich ohne Umarmung, ohne Händedruck und ohne Dank einfach vom Acker.

Wenigstens hatte er bei Pierre vorerst einen Teil seiner Schulden begleichen können, das machte es ihm ein klein wenig leichter. Ferner würden die beiden lieben Menschen sicher den Grund seiner überstürzten Abreise verstehen, wenn sie den ausführlichen Brief lasen, in dem er sein Tun rechtfertigte.

Als er vom abrupten Rucken des Waggons erwachte, nachdem dieser in einem Bahnhof zum Stehen kam, war es ihm, als habe ihn ein Sekundenschlaf genarrt. Doch das Stationsschild, das seine müden Augen unscharf wahrnahmen, und der Blick auf seine teure Uhr, die den Unfall heil überstanden hatte, verrieten ihm, dass er eine ganze Stunde der realen Zeit entrückt gewesen war. An der übernächsten Station würde er bereits in Mannheim sein.

Als er den Getränkewagen klappern hörte, stand er schwerfällig auf. Sein Nacken schmerzte, und auch die Beine waren ihm eingeschlafen. Überhaupt fühlte er sich übernächtigt und gerädert, deshalb erstand er beim Zugservice eine eiskalte Cola, um seine Lebensgeister zu wecken.

Auf dem Bahnsteig herrschte reger Betrieb. Sicher würde diesmal jemand in sein Abteil zusteigen. Um sich demonstrativ danebenzubenehmen, legte er die Beine ungebührlich auf den Sitz gegenüber, wobei er die Schuhe natürlich anließ. Links neben sich verschüttete er ein wenig Cola auf die Sitzfläche. Als Reisende an seinem Abteil stehenblieben und den

Hebel der Türe bedienten, glotzte er, sich seines abstoßenden Aussehens bewusst, provozierend zum Gang hin. Geschafft, keiner war scharf auf seine Gesellschaft, und bald darauf fuhr der Zug wieder los. Nein, er fuhr nicht, es schien fast so, als fräße der Stahlkoloss in Windeseile und gierig die Schienen. Es kam ihm seltsam vor, dass sich damit auch mehr und mehr die Bindung an die vertrauten Menschen, an das Land und sein eben zurückgelassenes Leben löste. Mit jedem gefahrenen Kilometer blieb ihm nur ein vages Gefühl von Zueignung im Herzen zurück. Dafür tauchten längst verschüttet geglaubte Erinnerungen wieder auf, die vordergründig alles andere verdrängten.

Wie fokussiert stierte er vor sich hin, um im verschwommenen Schattenspiel vergangener Ereignisse die Bilder herauszukristallisieren, die seinem Gehirn von Bedeutung erschienen. Dabei sah er nicht die weiten, sanften Wiesenflächen mit den friedlich grasenden Kühen darauf, die schwarzen Wälder und die vereinzelten Ortschaften mit ihren roten Dächern, die wie bunte Farbsprenkel eines Malers die Landschaft belebten und nun wie eine Kulisse an ihm vorbeiflogen.

Etwa Mitte der Achtzigerjahre hatte es ihn schon einmal nach Südfrankreich gezogen, daran erinnerte er sich nun. Seinen Führerschein hatte er noch nicht allzu lange in der Tasche gehabt. Und wann immer es seine Zeit zuließ, fuhr er damals mit seiner verbeulten, rostigen Ente, dem ersten eigenen Auto, das er sich leisten konnte, manchmal bis tief in die Nacht ziellos durch die Gegend. An einem Wochenende, dem Beginn von zwei Wochen ungeplantem Urlaub, setzte er sich spontan in seine Karre und steuerte mit offenem Verdeck die Autobahn an, und mir nichts dir nichts schwenkte er auf den Zubringer in Richtung Süden, immer der Nase nach. Noch nie in seinem Leben hatte er in diesem Ausmaß die Freiheit pur genossen. In München drehte er mitten in der Stadt im dicksten Verkehrstrubel und ausgelassen vor Übermut lauthals singend eine Ehrenrunde. Als er aus München herauskam und in der Ferne die Bergspitzen sah, ertönte eine wahnwitzige Stimme in seinen Ohren, die wie ein Mantra brabbelte: *Da muss ich hin, da muss ich hin.* Und bald darauf fauchte sein bedrohlich klapperndes Vehikel über die Alpenpässe. Das Aostatal kam ihm in den Sinn. Dieses Tal glich damals einem fremden Stern. Armselige Hütten klammerten sich wie menschliche Auswüchse an grauem Felsgestein. Schmutzige Kinder in schäbiger Kleidung, die kleinen dreckigen Händchen ausgestreckt, rannten bettelnd neben seiner Ente her. Und in Turin – das war auch so ein Ding gewesen. Kurz vor der Stadt blieb auf einem der vielen Autobahnzubringer sein bis dahin treues Gefährt einfach schnaufend stehen. Da half nichts mehr, keinen Meter mehr weiter wollte die Ente watscheln. Per Anhalter kam er dann nach Turin, wo er nach langem Suchen eine Autowerkstatt fand.

Ohne sich gegenseitig zu verstehen, aber nach viel Palaver war der Mechaniker dann doch in den Abschleppwagen gesprungen. Da aber eine Auffahrt wie die andere aussah, brauchten sie lange, bis die Ente endlich im Gewirr der Autobahnspuren gefunden wurde. Die anschließend durchgeführte Reparatur sollte ein Vermögen kosten. Dolce Vita war für den geschäftstüchtigen Schrauber anscheinend ein kostspieliges Vergnügen. Erst das Wörtchen »Policia«, senkte die Reparaturkosten auf wundersame Weise erheblich.

Marc lächelte, als er jetzt daran dachte. Ihm wurde deutlich, dass es bestimmt kein Zufall gewesen war, dass ihn sein Weg erneut nach Südfrankreich ans Meer geführt hatte. Es musste die in ihm schlummernde Sehnsucht nach den Wurzeln seines französischen Vaters gewesen sein, den er nicht kannte und nie zu sehen bekommen hatte, aber von dem er aus vielen Erzählungen seiner Mutter wusste, dass dieser in einem kleinen Ort an der Küste von Südfrankreich geboren worden war. Daher trug er auch den wenig deutschen Namen Levante. Der Krieg war es, der den Franzosen Charles Levante als Zwangsarbeiter unfreiwillig nach Deutschland auf ein großes Gut in Ostpreußen gebracht hatte. In dieser Landwirtschaft arbeitete Marcs Mutter als Magd, wo sie den charmanten Franzosen verbotenerweise kennen und lieben lernte. Doch der Krieg, der sie zusammenführte, trennte sie auch wieder. Jahrelang hatte seine Mutter nichts mehr von dem französischen Hallodri, der er in ihren Augen war, wie sie immer mit teils lachendem, teils weinendem Auge sagte, gehört. Und sie war fest davon überzeugt, dass ihr unwiderstehlicher, charmanter Herzensbrecher in all den Wirren und Entbehrungen des Krieges umgekommen wäre. Erst Anfang der Sechziger, als Deutschland wieder einmal Arbeiter brauchte, tauchte Charles eines schönen Tags erneut auf, diesmal aber freiwillig.

Marcs Mutter, Emma Wodalski, verschlug es bei der Flucht vor den Russen in den Ruhrpott. Mehr recht als schlecht biss sie sich durch. Einen neuen Mann gab es aus nur einem Grund nicht mehr an ihrer Seite. Und dieser Grund hieß Charles Levante, den sie nicht vergessen konnte. *Diesen verrückten Kerl habe ich immer geliebt,* gestand sie ihrem Sohn später einmal in einem Anflug von Traurigkeit. Alleine auf sich gestellt bewohnte sie seinerzeit eine hübsche kleine Wohnung in einer der vielen hässlichen Arbeitersiedlungen und verdiente ihr weniges Geld in einer Fabrik, in der sie regelmäßig zu Mittag in der Betriebskantine aß. Pausen, die so gewohnheitsmäßig abliefen wie die Fließbänder, an denen sie und ihre Kollegen tagein und tagaus standen. Doch das Schicksal wollte es so, dass sich auch in der Gewohnheit eine Überraschung verbergen konnte. Denn an jenem Mittag wurde sie heftig aus ihrem üblichen Trott gerissen! Ein braun gebrannter Mann, den sie in der Kantine noch nie gesehen hatte, fiel ihr auf, der wenige Meter vor ihr

in der Schlange zur Essensausgabe stand. Seine Schirm-
mütze trug der Kerl verwegen schief auf dem Kopf, und ein
dünnes, schwarzes Schnurrbärtchen zierte seine Oberlippe,
unter der eine makellose Reihe weißer Zähne blitzte, die er
zeigte, wenn er mit seinem Nachbarn scherzte und lachte.
Hatte die Zeit auch sein Aussehen gewaltig verändert, so gab
es Züge im Gesicht jenes Menschen, die einmalig und unver-
kennbar waren wie sein Fingerabdruck.

»Charles!«, hatte Emma da gerufen. Und obwohl rings-
herum Lärm von schepperndem Geschirr und summendem
Gemurmel herrschte, schien der zweifelnde Ruf wie ein
Schrei in völliger Stille zu sein, denn Charles ließ daraufhin
das Tablett fallen. Sprachlos zwängte er sich durch die verwundert Umstehenden, die freiwillig eine Gasse bildeten
und stumm und ratlos mit ansahen, wie sich zwei Menschen,
nach zwanzig Jahren Getrenntsein wieder vereint, weinend,
aber glücklich in den Armen lagen.

Schnell, zu schnell heirateten die beiden, und schon bald
darauf wurde er, Marc, in beengten und armseligen Verhält-
nissen geboren. Eigentlich war seine Geburt aus zweierlei
Gründen fast wie ein Wunder. Emma ging stramm auf die
vierzig zu, und die Ärzte hatten ihr schon Jahre vorher pro-
phezeit, dass sie keine Kinder mehr bekommen könne. Warum? Marc wusste nur so viel, dass es zum Ende des Krieges
viele Vergewaltigungen gegeben hatte. Und einmal, während

einer der häufigen Depressionen, die seine Mutter quartalsmäßig ausbrütete, hatte sie gegenüber ihrem Sohn gebeichtet, dass da »unten« etwas kaputt gegangen sei und dass sie gar nicht verstehen könne, dass es ihn überhaupt gäbe.

Wenn man all diese menschlichen und sozialen Dilemmas berücksichtigte, waren es keine guten Voraussetzungen für eine solide und dauerhafte Ehe zwischen Emma und Charles. Zudem war das Ruhrgebiet nicht gerade die Côte d'Azur, und für einen Mann wie Charles, der nur in mediterranem Flair richtig aufblühte und im rauchigen Grau der kalten, fremden Stadt regelrecht einging, wie er Emma auch beim kleinsten Zwist vorwurfsvoll an den Kopf warf, war dieses Leben in Stumpfsinn und Ausgegrenztsein eine nervenzehrende Bestrafung für ihn gewesen. All diese Umstände führten dazu, dass er von heute auf morgen, ohne eine Nachricht zu hinterlassen, spurlos verschwand. Da mochte sich Emma noch so sehr die Augen ausweinen und Marc sie schon im frühsten Kindesalter fast täglich löchern, wo denn eigentlich sein Papa sei, alle anderen Kinder hätten doch einen Papa, nur er nicht.

In dem Moment, als Marc die Geschichte um seinen Vater in den Sinn kam, wischte er sich rasch eine Träne aus dem Augenwinkel. Komisch, dass er damals gar nicht auf die Idee gekommen war, ihn zu suchen, wo er doch in den vierzehn Tagen Urlaub die Küste von Menton bis Cannes rauf und runter gefahren war. Das wäre sicher eine gute Gelegenheit gewesen, ihn endlich zu finden. Anscheinend hatte es ihm damals genügt, das Land zu sehen, in dem sein Vater geboren worden war. Dieses Land und die Leute waren seine Wurzeln. *Und irgendwie sind es ja auch meine*, dachte er sich.

Und diese Wurzeln waren einfach nicht zu leugnen, die konnte Marc schon rein äußerlich nicht verbergen. Allein sein südländisches Aussehen, das es ihm schon in der Pubertät einfach gemacht hatte, den Mädchen den Kopf zu verdrehen, war eindeutig ein Erbe seines Vaters. Aussehen, Charme und Witz waren bei ihm, wie schon bei Charles, zu einer unschlagbaren Einheit verschmolzen. Allerdings hatte ihm der Vater noch eine weniger schöne Veranlagung mit auf dem Lebensweg gegeben, und das waren der leichtfertige Lebenswandel, sein Wankelmut und eine gewisse Unzuverlässigkeit. Er konnte heute voller Begeisterung für etwas sein Leben lassen und morgen schon bereuen, überhaupt daran gedacht zu haben. Verstärkt wurde die menschliche Unredlichkeit dadurch, dass er schon recht früh ohne großartige Lebensperspektive auf sich alleine gestellt war. Mit Anfang zwanzig zog er bei seiner Mutter aus und nahm sich ganz in ihrer Nähe eine kleine Mansardenwohnung, die er mit Möbeln vom Sperrmüll einigermaßen wohnlich bestückte. Zum Essen ging er mittags zur Mutter, die ihm dann regelmäßig Vorhaltungen machte, warum er mit dem guten Abi nicht endlich anfangen würde zu studieren. Da er keinen Bock mehr auf ihre ständigen Ermahnungen hatte, blieb er immer öfters fort.

Dann kam der Knall, der sein Leben gewaltig durcheinanderwirbeln sollte. Gegen seine Gewohnheit ging Marc nach etlichen Tagen des Fernbleibens ausnahmsweise gegen Abend zur Wohnung der Mutter. Er wollte sie wegen Geld anpumpen, und sicher gab es auch noch eine Kleinigkeit zu essen für ihn, so dachte er jedenfalls. Aber so oft er auch die Klingel drückte, ihm wurde nicht geöffnet, obwohl aus dem Schlafzimmerfenster Licht schien. Nachdem ein Nachbar zufällig das Haus verließ, zwängte Marc sich grußlos an ihm vorbei, und mit unwohlem Gefühl im Bauch rannte er zwei, drei Stufen auf einmal nehmend zum vierten Stock hoch. Atemlos klopfte er energisch mit der Faust gegen die Etagentür. Doch nichts rührte sich dahinter. Mochte er sein Ohr auch noch so feste an das Holz pressen, keinen Laut vernahm er von drinnen. Er klopfte so lange, bis ihm die Knöchel der Hand schmerzten.

Bum, bum, bum! Was war das? Marc bäumte sich aus seinem Sitz. Jetzt hörte er das Klopfen wieder. Ihm war, als hätte er gerade vor der Tür seiner Mutter gestanden. Seine Atmung ging schnell, und davon musste er husten. Nein, es war ein Schabernack! *Ich fange schon an zu spinnen, ein Wahnwitz ist es! Aber ich habe es doch deutlich gehört?* Marc bekam es mit der Angst zu tun, er befürchtete, dass ihm gleich sein

Kopf platzte. Dieses Hämmern in seinen Ohren übertönte sogar das Zischen der Gleise, das ihm zuvor wie ein Tinnitus in den Ohren quietschte. Die Erregung schnürte ihm den Atem ab.

Er sprang auf, um hastig das Fenster zu öffnen. Der Fahrtwind bies ihm erfrischend ins Gesicht und tat ihm gut. Er atmete tief durch. Heimatluft. Vertrautheit schlug ihm entgegen. Es roch nach erlebter Vergangenheit, die er in diesem Moment wie ein Süchtiger einatmete und die den herben Geruch von Zitronen und dem würzigen Salz des Meeres rücksichtslos aus seine Nase vertrieb. Er schloss das Fenster und setzte sich.

Angestrengt überlegte er, wie er damals überhaupt in die Wohnung der Mutter gekommen war. Er wusste es nicht mehr, jedenfalls stand er Augenblicke später in ihrem abgedunkelten Schlafzimmer, in dem vermutlich seit dem Abend vorher auf dem Nachtschrank die Leselampe brannte. Wie schlafend lag sie in ihrem Bett. Doch sie war tot. Aus der linken Hand war ihr ein Wasserglas entglitten, dessen verschütteter Rest einen feuchten Kranz auf der Bettdecke hinterlassen hatte, und in der Rechten hielt sie ein leeres Tablettenröhrchen umklammert. Marc kannte die Medizin nur zu gut, die sie schon geraume Zeit wegen ihrer zunehmenden Depressionen einnehmen musste. Die einsame Frau hatte nach ihrem beschissenen Leben nicht mehr ein noch aus gewusst.

Von da ab war er ganz alleine auf der Welt! Es brauchte ein paar Monate, bis er sich nach haltlos ausufernden Alkoholexzessen und wildem Gelage wieder einigermaßen gefangen hatte. Den einen oder anderen Job nahm er sogar an, wo er gerade so viel verdiente, dass er sich mühsam über Wasser halten konnte. Da Mutter ihm ein wenig Geld hinterließ, war er dennoch in der Lage, den ersehnten Führerschein zu machen und sich mit dem, was noch übrig geblieben war, die Ente zu kaufen. Ach, wie lange alles schon zurücklag.

In einem Bahnhof kam der Zug ruckend zum Stehen. Ihm war, als würde ein verirrter Vogelschwarm aus seinem Schädel davon schwirren. Die Lautsprecherdurchsage riss ihn aus seinen Gedanken. Gut, dass Mutter das alles nicht mehr miterleben musste. Ihr wäre sicherlich das Herz gebrochen, mit ansehen zu müssen, wie ihn sein jetziges Aussehen aus jeglicher Normalität herausgerissen hatte. Daraufhin nahm er einen kräftigen Schluck Cola aus der Flasche. Ein Trillerpfiff setzte die Fahrt fort. Als wolle er sich die Bestätigung seiner eigenen Worte geben, versuchte er, in der Scheibe des Zuges sein entstelltes Gesicht zu spiegeln. Aber sein Blick verlor sich umgehend in der bezaubernden Rheinlandschaft. Auf der anderen Seite des Flusses tauchte der Drachenfels auf, der Petersberg, und bald schon würde er in Köln sein. Eine ganze Weile verfolgten seine Augen interessiert ein Ausflugsschiff, das wie ein riesiger Hai aussah. Die Menschen an Bord waren ausgelassen und fröhlich. Als sie vom Schiff herüberwinkten, blickte er peinlich berührt geradeaus in das Abteil, um kurz darauf wieder ins Grübeln zu versinken. Eine erneute Unruhe bemächtigte sich seiner, die er zunächst nicht zu deuten wusste, bis ihm der Name jener Frau durch den Kopf schoss, den er in der letzten Zeit immer wieder mit der Krankenschwester Geraldine in Verbindung gebracht hatte. Jacqueline! Jacqueline! *Jaqueline ist meine Frau, und bald schon werde ich sie wiedersehen!* Noch stand ihm ihr Bild nicht gänzlich vor Augen. Verschwommen nur sah er sie, und dennoch weckte ihr vages Abbild gute Gefühle in ihm. Er zermarterte sich den Schädel, um jede noch so kleine Erinnerung wie in ein zu enges Gefäß zu pressen, aus dem dann nichts mehr entweichen konnte. Und tatsächlich, das Brüten und Grübeln schenkte ihm stetig neue Puzzleteile, die sich wie von einer unsichtbaren Hand geführt zu einem fertigen Bild in seinem Kopf zusammensetzten.

Es musste Anfang April 1986 gewesen sein, als er ihr zum ersten Mal begegnete. Das heißt, nicht direkt ihr, sondern zuallererst Constanze, ihrer Zwillingsschwester. Die jungen Frauen glichen sich aber wirklich wie ein Ei dem anderen. Zudem trugen die beiden Teenager ihre langen, brünetten Haare gleich gestylt. Auch figürlich unterschieden sie sich nur sehr geringfügig. Beide Mädchen legten großen Wert auf ihre sportliche, schlanke Figur. Auch das unternehmungslustige Lächeln, das beiden zu eigen war, umspielte wie ein perfektes Abziehbild ihre Lippen, was ein Unterscheiden äußerst schwer machte.

Nur ihre Augen wichen gänzlich voneinander ab. Aus Constanzes eisgrauer Iris strömte in manchen Augenblicken eine eigenwillige Kälte, dass es einen fröstelte, wenn sie mit ihrer Verachtung großzügig war. Dagegen hätte man sich an Jacquelines Bernsteinglanzaugen selbst im kältesten Winter das Herz erwärmen können.

Zunächst aber lief ihm Constanze bei einer Demo der Atomkraftgegner über den Weg. Kurz zuvor hatte es in einem Reaktor in Tschernobyl einen Super-GAU gegeben, der die Welt gewaltig durcheinander schüttelte. Seitdem engagierte sich Marc für den Umweltschutz. Seine schulterlangen Haare band er verwegen mit einem Stirnband zusammen, und man sah ihn nie ohne seinen grünen Parka. Auch Constanze, die sich ebenfalls in der Gruppe der Aktivisten befand, trug diese Art von Uniform. Marc und sie verstanden sich auf Anhieb. Trotz ihrer Jugend zeigte sie ihm deutlich genug, dass sie ihn begehrte, ja geradezu vergötterte. Marc fühlte sich geschmeichelt, auch wenn es ihn anfangs störte, dass sie »ein Mädchen aus gutem Hause« war, wie man zu sagen pflegte, weil ihm Kapitalisten ein Dorn im Auge waren. Mit ihren Eltern, der Vater war ein wohlhabender Juwelier und Inhaber mehrerer Geschäfte, bewohnte sie eine feudale Villa am Stadtrand, in die sie ihn freilich nie mitnahm. Marc erlebte mit Constanze eine aufregende Zeit, in der die Jugend all das ausprobierte, was eigentlich verboten war, wenn man vom Erwachsensein nur träumen durfte. Auch wenn Marc es damals als altmodisch empfand, er begann Constance auf romantische Art zu lieben. Liebe nimmt auf Mode keine Rücksicht, das war seine Meinung gewesen. Zwischen grünen Parkas, Haschischrauch und dunklen Kneipen sah die Welt für ihn plötzlich ein klein wenig rosig aus. Allerdings nur bis zu diesem Samstag im November des gleichen Jahres, da sich alles ändern sollte. Eigentlich stand ihm an jenem Abend gar nicht der Sinn nach Vergnügungen, denn es hatte schon wieder eine neue Umweltkatastrophe gegeben. Aus dem Chemiewerk Sandoz bei Basel in der Schweiz waren nach einem Großbrand Unmengen hochgiftiges Löschwasser in den Rhein geraten, das ein sofortiges Absterben des Flusses von bisher unbekannten Ausmaßen herbeiführte. Marc fühlte sich durch die Rücksichtslosigkeit der Profiteure nur bestätig, nicht nachzulassen in seinem Kampf und ebenso rücksichtslos gegen die gedankenlose Umweltzerstörung vorzugehen. Möglicherweise war es der Frust, der ihn, um sich abzulenken, an diesem Samstagabend in eine beliebige Disco trieb, was für gewöhnlich ein Tabu für ihn war. Sogar seinen schäbigen *Kampfanzug* hatte er abgelegt und sich dafür ungewohnt modisch ausstaffiert. Warum Constanze ihn nicht begleitete, war ihm nicht mehr in Erinnerung. Der rasch konsumierte Alkohol, die laute, hämmernde Musik, die vielen

verschwitzten, rhythmisch zuckenden Leiber auf der Tanzfläche brachten ihn, zunächst gegen seinen Willen, schnell in
Hochstimmung. Gegen Mitternacht leerte sich dann der
Schuppen zügig. Vereinzelte Pärchen schmiegten sich knut-
schend in dunklen Nischen herum. Farbige Lichtstrahler
tauchten die fast verlassene Tanzfläche in eine subtil schöne
Regenbogenstimmung. Und in diese kuschlige Atmosphäre
legte der Discjockey vielleicht zum hundertsten Male *Midnight Lady* auf.

Und dann sah er sie! Marc wollte zuerst seinen bedusel-
ten Augen nicht trauen. Mitten auf der Tanzfläche wiegte
sich Constanze im Solotanz. Sie rekelte sich förmlich in die
Melodie des Liedes hinein. Was machte sie hier, alleine ohne
ihn, ohne ihm Bescheid zu sagen, fragte er sich verwundert.
Tranceartig stellte er sein Trinkglas auf den Tresen ab,
quetschte die Zigarette im Ascher aus und ging direkt auf das
Mädchen zu. Er war noch nicht ganz herangekommen, da rief
er schon: »Constanze!«

Doch die Angerufene reagierte nicht. Mit geschlossenen
Augen wog sich ihr geschmeidiger Körper, der in einem sil-
berglänzenden, superengen Overall steckte, zu den Klängen
der Musik. Sie war die Midnight Lady des Abends. Das sollte
ihr ganzes Gehabe und Getue wohl ausdrücken. Sie war im
Takt des Songs zu der Frau geworden, die Chris Norman so
flehentlich besang ... *Midnight Lady!*

»Constanze, hast du irgendwas genommen?«

Keine Reaktion.

»Constanze, hörst du mich nicht?«, rief er umso lauter.

»Lass mich in Ruhe und verschwinde«, raunzte sie ihn an.

Marc wollte schon böse werden. Er ging zu ihr hin und riss sie an der Schulter herum. Da erkannte er eine Veränderung in ihrem Gesicht. Trotz ihrer Verärgerung spürte er beim Blick in ihre Augen einen angenehmen Schauer über seine Haut rieseln, den er nie zuvor bei ihr gespürt hatte. Da lag etwas anderes in der Luft, ein elektrisierendes Knistern, das ihn geradewegs körperlich berührte.

»Constanze, was ist mit dir?«

»Lass mich in Ruhe tanzen, Du bringst mich ganz aus dem Takt … Und damit du es weißt, ich bin nicht Constanze.«

Jetzt verlor Marc die Nerven. Aufgebracht packte er sie erneut an der Schulter. Dabei schrie er sie an: »Was soll das Theater, willst du mich verarschen?«

Vorwurfsvoll traf ihn ihr Blick. Dann schaute sie ihm eher prüfend ins Gesicht, so als müsse noch ein kleiner Zweifel weggeräumt werden.

»Bist du Marc?«

»Wer soll ich sonst sein, Chris Norman?«

»Ha ha, hast du einen Clown verschluckt oder bist du immer so witzig?« Freundlich lächelnd reichte sie ihm die Hand. »Hallo, ich bin Jacqueline.«

»Jacqueline?«

»Ja, Jacqueline, die Zwillingsschwester von Constanze.«

Marc war baff.

»Meine Schwester hat mir viel von dir erzählt, deshalb dachte ich mir, dass du Marc bist.« Sie schnalzte kess mit der Zunge. »Sie hat schon einen guten Geschmack, was Jungs betrifft, das muss ich ihr lassen.«

Verlegen schüttelte Marc den Kopf. »Diese Ähnlichkeit«, sagte er ungläubig und sah sie ganz genau an.

»Du glaubst gar nicht, wie oft wir verwechselt werden«, lachte sie hell.

Um seine Überraschung zu überspielen, fragte er sinnloserweise: »Was sagen eigentlich deine Eltern dazu, wenn du dich um diese Zeit noch in der Disco herumtreibst?« Im gleichen Moment hätte er sich für seine Dummheit ohrfeigen können, denn als Zwillingsschwester war sie natürlich so alt wie Constanze.

»Du kannst mich ja nach Hause bringen und sie fragen, dann weißt du es.«

Marc war sofort von Jacquelines Schlagfertigkeit und von ihrer frischen Natürlichkeit gefangen. Und tatsächlich brachte er sie in dieser Nacht nach Hause, allerdings wählten sie einem Umweg durch den nächtlichen Stadtpark. Selbstverständlich hatte er ihre Eltern nicht gefragt, was sie dazu sagten. Klammheimlich, ohne Aufsehen zu erregen, verschwand sie nach etlichen Abschiedsküssen kichernd im dunklen Hausflur der elterlichen Villa.

Noch eine Weile stand Marc vor dem Haus, in dessen oberstem Fenster kurz darauf ein Licht aufleuchtete, das die dunklen Konturen ihrer zierlichen Gestalt wiedergab.

Von diesem Zeitpunkt an war Marc hin und her gerissen von seinen schwankenden Gefühlen, die sich zunächst nicht entscheiden konnten, für welches der beiden Mädchen sein Herz mehr schlagen sollte. Auch wenn er Constanze gegenüber versuchte, sich diesbezüglich nichts anmerken zu lassen, blieb ihr keineswegs verborgen, das Marc, wann immer sich für ihn die Gelegenheit fand, die Nähe zu Jacqueline suchte. Unglaubliche Eifersuchtsszenen folgten. Doch gerade ihre hysterischen Auftritte zeigten ihm, wie wankelmütig ihr Wesen in Wirklichkeit war, wie unzurechnungsfähig sie sein konnte. Und gleichzeitig verstärkte diese bösartige Flatterhaftigkeit seine Liebe zu Jacqueline, deren warme liebenswürdige Art ihn geradezu fesselte. Außerdem war Beziehungsstress das Letzte, was er zu diesem Zeitpunkt brauchen konnte. Denn nach dem Tod seiner Mutter sehnte er sich einfach nach einer zuverlässigen Partnerin, die ihm im Auf und Ab seiner wirren Empfindungen Liebe und Halt geben konnte und der auch er all seine Zuneigung schenken durfte. Ein Geben und Nehmen also, eine simple Formel des Glücklichseins. In dieser Hinsicht schwebten die beiden Neuverliebten unzweifelhaft auf einer Wellenlänge. Jacqueline schaffte es sogar, einen neuen Menschen aus Marc zu machen, da sie ihn schon rein typenmäßig veränderte. Ihr zuliebe zog er seine Revoluzzer-Klamotten aus und er kleidete sich nach ihrem Geschmack modisch. Zunächst widerwillig ließ er sich auch noch die Haare kurz schneiden, und der rabenschwarze, verwegene Vollbart wurde auch abrasiert. Sie brachte ihn sogar so weit, dass er ein lang hinausgezögertes Studium aufnahm und sie gemeinsam Betriebswirtschaft studierten. Immer mit der Option, wie sie ihm begeistert schmackhaft machte, dass er und sie nach erfolgreichem Abschluss jederzeit eine Führungsposition in einem von Vaters Geschäften übernehmen könnten. Ihre rosig ausgemalten Zukunftsperspektiven ebneten Marc tatsächlich mit viel Fleiß einen guten Weg, den er konsequent mit Jacqueline an seiner Seite ging.

Er ging ihn, bis er eines Tages mit ihr einen noblen Schreibtisch im Büro des Patriarchen Wilhelm Cramer bezog. Ein atemberaubender Aufstieg hatte sich vollzogen, der darin gipfelte, das Cramer, der von vielen despektierlich auch *Juwelen-Cramer* genannt wurde, einer Hochzeit mit Marc Levante, dem *Dahergelaufenen,* und seiner Lieblingstochter Jacqueline zustimmte. Dies geschah trotz aller hinterhältigen Intrigen, die Constanze von Anfang an gegen ihren ehemaligen Geliebten schmiedete. Ihre Verbitterung war einfach zu groß gewesen. Aber ihr Vater hatte schon bald Marcs Qualitäten als cleverer Geschäftsmann erkannt. Bei ihm stieß sein Wahlspruch, dass das Geld auf der Straße lag und man sich nur danach zu bücken brauchte, nicht auf taube Ohren.

So war Marc Levante zu Ansehen, Reichtum und einer lieben, wunderschönen Frau gekommen. Die ganze Welt lag ihm sozusagen zu Füßen. Alles ließ sich prima an, der Acker war ordentlich vorbereitet, die Saat gelegt, und bald schon würde er die volle Ernte einfahren können. Seine Ehe war glücklich, er reiste viel und erfolgreich in der Weltgeschichte herum. Kaufte, knüpfte geschäftliche Verbindungen. Afrika, Asien, Amerika waren für ihn nicht mehr und weniger als Baden-Baden, Karlsruhe, Düsseldorf oder wie jede andere Stadt in Deutschland, in der es galt, die Bedingungen und Voraussetzungen zu schaffen, exquisiten Schmuck zu erwerben oder zu verkaufen. Vor allem nach dem überraschenden Tod des Alten katapultierte der gesellschaftliche Höhenflug der Levantes in geradezu luftleeren Raum. Wäre da nicht Constanze gewesen, die es nie verwinden konnte, dass Marc ihr einmal den Laufpass gegeben hatte und dass ihre Schwester wieder einmal mehr als Siegerin vom Platz gegangen war. Es konnte eigentlich keine tieferen Gründe für ihre Rachegefühle gegeben haben als all die nagenden Selbstzweifel und das Bewusstwerden der eigenen Minderwertigkeit, was schon in der Kindheit der Zwillinge zu erheblichen Neidgefühlen ausgeartet war. Constanze konnte es einfach nicht ertragen, dass es Jacquelines liebreizendes Wesen von klein auf gewesen war, was sie in den Augen anderer von ihr unterschied. Ein jeder, der früher mit dem kleinen bezaubernden Mädchen zu tun hatte, zeigte dies unverstellt. Zuwendung bekam vorrangig Jacqueline, der süße Sonnenschein und Springinsfeld. Dennoch, bei der Testamentseröffnung wurde Constance keineswegs benachteiligt. Auch wenn Jacqueline und Marc die Villa und einiges an nicht unbedeutendem Barvermögen und Aktien überschrieben bekamen, so gab es für Constanze keinerlei Anlass, das übrige Erbe des Vaters anzufechten. Schwieriger war da schon das angespannte Verhältnis der Zuständigkeiten im geschäftlichen Bereich. Zwar hatte der Alte in weiser Voraussicht notariell für absolute Klarheit gesorgt, doch wurde diese durch provoziertes Kompetenzgerangel wieder und wieder gestört, was nicht gerade für Harmonie in der Führungsetage beitrug. Anlass für weitere Querelen in der Familie gab Constanze durch ihren extrovertierten Hang zur Großmannssucht, der sich in ihrem verschwenderischen Lebensstil und ihren oftmals zweifelhaften, losen erotischen Abenteuern ausdrückte. Eine Zeitlang schlawinerte sogar ein dubioser Graf ständig um sie herum. Ottmar von Hohenstein nannte er sich, den Marc aber nur wenige Male flüchtig zu Gesicht bekam. Jacqueline wollte jeglichen Streit mit ihrer Schwester vermeiden, sie versuchte alles, um ihr das auch zu beweisen. Und so wurden Jacqueline, Constanze und der Graf Ottmar von Hohenstein mehr und mehr ein unternehmungslustiges Trio, wenn Marc auf Geschäftsreise weilte, was sehr häufig der Fall war. Es war ja nicht so, dass die Schwestern sich fortwährend in den Haaren lagen, ganz und gar nicht. Dennoch schwelte unter der oberflächlichen Fassade von Contenance und Blutsverwandtschaft auf seitens Constanzes immerfort die Glut des Hasses. Jacqueline wollte das nicht sehen, sie sah in allem das Gute. So gefiel ihr auch das Verhältnis, das den Grafen mit Constanze verband, von ganzem Herzen, da sie die Schwester bei ihm in guten Händen glaubte und sie durch ihn auch ein wenig von ihrer Sprunghaftigkeit in Bezug auf wechselnde Männerbekanntschaften verlor. Allerdings war Constanze eine Frau, die ihr Frausein einzig daran maß, wie sie bei Männern wirkte, und da machte sie auch weiterhin nicht davor Halt, Marc schöne Augen zu machen. Jacqueline versuchte wirklich alles im Guten, ihre Schwester von dem gefährlichen Spiel mit dem Feuer abzubringen. Doch nur Constanzes falsches Lachen bekam sie jedes Mal als Antwort, was sogar Jacqueline langsam wütend machte. Einmal sagte sie ihrer hochmütig grinsenden Schwester aufgebracht ins Gesicht: »Marc würde dich nackt noch nicht einmal mit der Kneifzange anfassen, selbst wenn du die letzte Frau auf Erden wärst.« Nun, das war nicht sehr schön und noch weniger schwesterlich, aber wieder einmal mehr ein wirksam abgeschossener Pfeil der Verachtung, die Constanze selbst geschürt hatte.

Jacqueline hatte keine Geheimnisse vor ihrem Mann, sie sprach über alles mit ihm, und er liebte sie dafür. Er liebte sie mehr, als ein Mensch lieben kann.

Und während der ICE ihn näher und näher zu Jacqueline brachte, hörte Marc sich selbst sagen: »Ich liebe dich, Jacqueline, ich liebe dich!« Ihm war es, als hätte er die Worte voller Sehnsucht nach ihr herausgeschrien. Eine unsichtbare Hand krallte sich in sein Herz. Er öffnete sich den obersten Hemdkragen. *Luft, Luft, ich brauche Luft!* Er wischte sich den Schweiß von der Stirne. Zwiespalt brütete in ihm. Es war die Zerrissenheit, die ihn fragte, ob Jaqueline ihn noch lieben würde. Die Schöne und das Biest, diese Story fiel ihm ein. Also konnte Liebe doch mehr sein, als sich nur auf Äußerlichkeiten zu beschränken. Ja, er musste nur feste daran glauben, sonst wäre er tatsächlich schon gestorben. Den Schmerz, den er gerade in seiner Brust gespürt hatte, vermischte sich mit einem sonderbaren Glücksgefühl. Er empfand Schmerz und Glück zugleich, denn in seinen Gedanken hatte er sie gesehen, so wie sie war, schön und liebevoll.

Die Kralle an seinem Herzen öffnete sich ganz langsam. Der Schmerz ging vorüber.

Die neu gewonnene Vergangenheit verlangte ihm einiges ab. Denn letztendlich nahmen die Erinnerungen keine Rücksicht darauf, wie er mit ihr klarkam. Nur eine klitzekleine, aber umso bedeutsamere Erinnerung blieb im Dunkel, saß immer noch schweigsam eingesperrt in ihrer kleinen, schummrigen Gedächtniszelle, und das war die Erinnerung an den Tag und die Stunde, an dem das Schicksal oder wer auch immer ihm heimtückisch den Stecker aus den Ganglien zog und die notwendigen Hirnströme gekappt hatte, sodass diesbezüglich völlige Dunkelheit in seinem Kopf herrschte. Warum und wieso war er nach Frankreich geflohen? Was war geschehen, dass Jacqueline nicht mehr bei ihm war? Wohnte sie überhaupt noch in der Villa? Aber um diese Lücke zu schließen, kehrte er ja zurück, und egal, wen er jetzt in der Villa antraf, derjenige konnte sicher Auskunft darüber geben, wo Jacqueline abgeblieben war.

Prüfend schaute er auf die Uhr. Bald schon würde er mehr wissen, tröstete er sich. Bald schon!

Er war so in seinen Gedankenstrom versunken, dass er es gar nicht mitbekam, als der Zug wenige Minuten später in den Kölner Hauptbahnhof einfuhr. Pünktlich nach Fahrplan sah man schon die mächtigen Türme des Domes aufragen. Einige Passagiere schnappten sich ihr Gepäck und eilten zielstrebig zum Ausgang. Auch er könnte hier die Fahrt unterbrechen, sich aus Furcht vor dem, was ihn erwarten würde, eine Bedenkzeit, eine Auszeit gönnen. Sich für eine kurze Zeit noch in der unschuldigen Unwissenheit wiegen, bevor er den vielleicht unbequemen Tatsachen ins Auge sehen musste. Sollte er vielleicht reumütig in den Dom gehen, um prophylaktisch ein Bußgebet zu sprechen? Oder, wie er es als Kind gelegentlich getan hatte, die schier nicht enden wollenden Stufen bis zur Spitze des Gotteshauses hochlaufen? Möglicherweise wäre das eine passende Buße für etwas, das noch im Verborgenen lag?

Dann erschrak ihn plötzlich wieder dieser furchtbare Gedanke, der ihn nach dem Unfall zum ersten Mal überfallen hatte, als er sich im Spiegel betrachtete nämlich seinem Leben selbst ein Ende zu bereiten. Sollte er sich tatsächlich, um jeglicher Wahrheit zu entgehen, aus den höchsten Höhen der Kathedrale stürzen? Dann hätte er endlich seine Ruhe.

An den Glöckner von Notre Dame musste er denken. Er, Marc, war nun auch zu solch einer nicht mehr lebenswerten Missgeburt entartet. Nein, er tat es nicht, er wählte die unbequemere Variante, die des Lebens. Marc zwang sich dazu, Klarheit zu schaffen. Eine Klarheit, die sogar seine entstellte Haut vergessen machen sollte.

Wieder zurück! Wieder zu Hause! Gleich nach der Ankunft in seiner Heimatstadt bestieg Marc mit flauem Gefühl im Magen am Hauptbahnhof den Linienbus, der in Richtung Stadtrand fuhr, wo sein ehemaliges Zuhause stand, die Cramer'sche Villa. Es war inzwischen dunkel geworden, so dunkel eben, wie es an lauen Sommerabenden dunkel werden kann. Nur wenige Fahrgäste stiegen mit ihm ein. Er wunderte sich darüber, dass sie ihm keine große Aufmerksamkeit schenkten. Aber bei jedem Haltestellenstopp befürchtete er, dass jemand hinzustieg, den er eventuell kannte. Nein, in seiner augenblicklichen Situation wollte er keinem begegnen, dem er sich gegenüber vielleicht noch erklären musste. Doch gleich darauf beruhigte er sich wieder damit, dass ihn so, wie er jetzt aussah, sicher die eigene Mutter nicht wiedererkennen würde.

Eine Station zu früh verließ er immer noch aufgeregt und erwartungsvoll den Bus. Er wollte die restlichen Meter zu Fuß gehen. Es sollte eine Heimkehr werden, die sich wörtlich genommen schrittweise vollzog. Er wollte von dem Vertrauten, das ihn erwartete, nicht Knall auf Fall überfallen werden. Wie ein Forscher auf einer Expedition, so wollte er das verloren gegangene Vertraute mit seinen Sinnen einsammeln, alles andere würde ihn nur erschrecken. Ja, er befürchtete, dass ihn die Angst kurz vor dem Ziel sogar vertreiben würde.

Er hatte recht damit getan, denn mit jedem Schritt nach vorne festigte sich seine Entschlossenheit.

Blumen, ich brauche doch einen Strauß Blumen! »So ein Mist!«, fluchte er leise, »mit leeren Händen werde ich vor Jacqueline stehen.« Unnützerweise schaute er auf die Uhr. Natürlich hatten alle Geschäfte bereits geschlossen. Je näher er seinem anvisierten Ziel kam, desto verhaltener wurden seine Schritte, und ab und zu blieb er sogar stehen. Dann verweilte er lächelnd an dem Baum, an dem Rex, sein treuer Hund, früher beim Gassigehen gewohnheitsgemäß sein Bein gehoben hatte. Auch am geschlossenen Kiosk hielt er inne. Nun sah er sich selbst, vom Laufen verschwitzt, mit dem alten Krüger unterhalten, bei dem er sich nach der morgendlichen Joggingrunde immer die Tageszeitung gekauft hatte. Eigentlich hätte er sie gar nicht zu kaufen brauchen, denn zwischen Herausgabe der Zeitung und der Bezahlung hatte Krüger jedes Mal von sich aus im Eiltempo die Weltnachrichten verkündet.

Einige Meter weiter spähte er in den Park, dessen silbrig glänzender See wie eh und je zwischen den hohen Bäumen schimmerte und auf dem tagsüber Schwäne und wilde Enten schwammen, die Jacqueline und er an knackig kalten Wintertagen, vergnügt wie die Kinder, mit Brotkrusten gefüttert hatten. Unweit stand noch die Bank, auf der sie sich an solch milden Abenden, wie dieser einer war, so lange geküsst hatten, bis ihre Lippen wund waren.

Melancholisch geworden seufzte Marc auf, und während er nachdenklich weiterging, merkte er erst, als er die steinernen Löwen wahrnimmt, dass er dort angekommen war, was sich früher sein Zuhause nannte. Wie angewurzelt blieb er stehen. Mit fahriger Hand kramte er das Foto aus seiner Jackentasche. Da fuhr ihm die Kralle wieder ins Herz! Genau hier an dieser Stelle war damals das Hochzeitsfoto entstanden, das ihm zum Wegweiser zurück in die Vergangenheit geworden war. Ein konservierter Augenblick des Glücks. Diesem Bild konnte die veränderte Zeit nichts anhaben. Die große Liebe, vereidigt mit dem Schwur der ewigen Treue, hatte sich wie ein unverwüstliches Siegel über das Bild des Brautpaares gelegt. Und dann geschah etwas, womit er nicht gerechnet hätte. Plötzlich rissen ihn seine Gedanken aus den friedvollen Erinnerungen in eine Welt voller Schreckensbilder. Wie aufbrodelnde Gewitterwolken aus heiterem Himmel verdüsterten sie sein Gemüt in ein bedrohliches Schwarz, aus dem ein Auto auf ihn zuraste.

Mit weit aufgerissenen Augen erkennt er am Steuer des Wagens Jacqueline, und daneben sitzt ein fremder Mann. Er, Marc, stoppt den Wagen. Zu allem entschlossen, stellt er sich mit einer Pistole in der ausgestreckten Hand breitbeinig in den Weg.

Herrje! Was war das? Ihn überkam der innere Drang, diesen Platz sofort zu verlassen. Ihm war, als würden ihn an dieser Stelle dämonische Geister auflauern. Zögerlich durchschritt er das Portal. Im Haus brannte Licht, also war jemand da. Jacqueline? Aber wenn sie es nicht war, durfte er dann um diese Zeit unangemeldet wildfremde Leute stören? Aber er wollte, er musste Gewissheit haben. Beherzt drückte er die Türglocke und ließ die Freisprechanlage nicht aus den Augen, als könnte er die Stimme sehen, wenn sie sie sich meldete. Doch nichts tat sich. Als keine hörbare Regung im Inneren des Gebäudes erfolgte, läutete er erneut drei, vier Mal kurz hintereinander. Das wirkte! Durch das kleine Fenster mit den bunten Butzenglasscheiben in der Haustüre, das nach außen hin durch ein hübsch verziertes Eisengitter geschützt war, drang mit dem letzten Ton der Glocke ein heller Schein. Kurz darauf vernahm Marc Schritte, die von den wohlbekannten Fliesen hallten. Jemand machte sich an der Verriegelung der Fensteröffnung zu schaffen.

»Wer ist denn da?«

Marc konnte nichts erkennen, das Zwielicht ließ es nicht zu. Aber es war eine Frauenstimme, die nicht gerade freundlich klang. War es Jacquelines Stimme? Er war sich nicht sicher.

»Entschuldigen Sie bitte, wenn ich Sie störe, aber es ist für mich sehr wichtig. Würden Sie bitte öffnen, damit ich Ihnen in Ruhe ein paar Fragen stellen kann?« Marcs Stimme war vor Aufregung heiser geworden.

Wieder dauerte es einen Augenblick, dann hörte er die Frau erneut reden. »Einen Moment, ich knipse eben die Außenbeleuchtung an.« Wenig später wurde es in einem Umkreis von etwa drei Metern fast taghell. Gleich darauf schlug scheppernd die Luke zu.

»Hallo«, ruft Marc, »gehen Sie bitte nicht fort!« Bis in die letzte Faser seines Körpers angespannt wartet er ab. Als er nach einer gefühlten Ewigkeit resigniert gehen wollte, um am nächsten Tag bei Tageslicht vorzusprechen, öffnete sich das Fensterchen nochmals. Obwohl sich das Gesicht der Frau halb im Schatten verbarg, erkannte Marc die Ängstlichkeit darin. Er konnte sie verstehen. Welche Frau würde sich nicht fürchten, wenn ein Mann mit seinem Aussehen zu dieser späten Stunde so aufdringlich um Einlass bat? Vielleicht dachte sie, dass es sich bei dieser scheußlichen Gestalt vor der Türe um einen Einbrecher, Vergewaltiger oder gar einen Mörder handeln könnte. Bei ihr gab es schließlich etwas zu holen, das war nicht zu leugnen.

Ganz nah trat Marc nun an das Fenster heran. Da es von einem Gitter geschützt war, zog die Frau ihren Kopf nicht zurück. Nun hatte Marc Gelegenheit, sich ihr Gesicht genauer anzusehen. Und dann war es sein Schrei, der den Kopf der Frau verschwinden ließ.

»Jacqueliiine!«

Er brauchte einen Augenblick, um sich wieder mental zu fangen.

»Jaqueline!« Diesmal schrie er nicht, diesmal rief er den Namen freudig. »Jaqueline, komm zurück!«

Es dauerte eine Weile, bis Constanze Cramer wieder im Fenster erschien. Ihre Mimik drückte unmissverständlich aus, dass sie diesem unerwarteten Gefühlsausbruch des Mannes nichts abgewinnen konnte. »Hier wohnt keine Jacqueline!« Ihre Worte klangen bestimmt und unnachgiebig.

Marc jedoch blieb unbeirrt. »Jacqueline, ich bin's doch, Marc. Erkennst du mich denn nicht?«

Ihrem überraschten Gesichtsausdruck nach zu urteilen, hatte sie gerade das achte Weltwunder gesehen. »Marc? Marc Levante?« Und noch einmal fragte sie: »Marc?« Sie hatte Schwierigkeiten, flüssig zu sprechen. Vielleicht dachte sie, dass ein Zombie vor ihr stand. Der Mann von ihrer Tür hatte nämlich keinerlei Ähnlichkeit mehr mit dem Marc Levante, den sie kannte. Außerdem hatte sie Jahre nichts mehr von ihm gehört, geschweige ihn gesehen. Für sie war Marc in Südfrankreich, und für alle anderen, die ihn kannten, lag er neben seiner Frau Jacqueline in einem Grab auf dem Nordfriedhof in der Reihe siebenundvierzig. Und doch, obwohl sie offensichtlich die Welt nicht mehr verstand, wurde die Nennung seines Namens zum »Sesam öffne dich«. Marc vernahm, wie von innen die Verriegelung gelöst wurde. Kurz darauf öffnete Constanze Cramer ihm in einem atemberaubenden Outfit die Tür und fragte erneut: »Marc Levante? Bist du es wirklich?« Ohne eine Antwort abzuwarten, wurde ihre Stimme leiser. »Mein Gott, Marc, wie siehst du aus? Was ist mit dir geschehen?«

Gerade war Marc im Begriff, der Frau, die er für Jacqueline hielt, freudig um den Hals zu fallen, da stockte er abrupt in seinem Vorhaben. Er prallte förmlich zurück und rang um Fassung. Marc sah jetzt, wen er vor sich hatte. Glasklar erkannte er die Verwechslung, der er bis zu diesem Moment aufgesessen war. Zuallererst wurde das, was er sagen wollte, nur in seinem Kopf laut. Dann sprach sein Mund die Gedanken aus. »Natürlich ... Du bist Constanze.« Abschätzend musterte er sie von oben bis unten. In seinem Kopf ging es drunter und drüber. Er wollte nicht, dass sie seine Zerrissenheit sah, und so beherrschte er sich mit den Worten, die er so kühl wie möglich aussprach: »Es ist eine lange Geschichte, wie es dazu kam, dass ich so aussehe, wie ich aussehe.« Es kostete ihm verdammt große Mühe, den Schwall der Fragen, die sich in seinem Schädel auftürmten, zu bändigen. Schließlich sagt er: »Wieso öffnest du mir die Tür und nicht Jacqueline?«

Constanze war wirklich erstaunt, fast schon empört. Und so klangen Ihre Worte nicht gerade freundlich. »Du willst mich wohl auf den Arm nehmen? Was für ein Spiel treibst du mit mir? Du musst doch am besten wissen, dass dir Jacqueline nicht mehr die Türe öffnen kann.« Daraufhin lachte sie hysterisch, wie jemand, der im Kino bei einem traurigen Filmausschnitt aus lauter Verlegenheit an der falschen Stelle lachte.

Marc ließ den Rucksack vom Rücken gleiten und war entschlossen, sich an Constanze vorbei ins Haus zu drängen, worauf sie sich ihm in den Weg stellte. Auch als er sie beiseiteschieben wollte, gab sie nicht nach.

»Hör zu, Constanze«, zischte er, »ich habe nicht umsonst einen weiten Weg hinter mich gebracht, um meine Vergangenheit und vor allem Jacqueline wieder zu finden. Daran wirst auch du mich nicht hindern!«

»Wieso die Vergangenheit wiederfinden?«, zeterte sie los. »Was soll das heißen? Eine Vergangenheit verliert man nicht wie ein gebrauchtes Taschentuch. Das Einzige, was du verloren hast, scheint dein Verstand zu sein! Mit deinem erschlichenen Leben hast du nichts verloren, das Glück hattest du gefunden! Ein Glück, dass du dir auf meine Kosten angeeignet hast! Und überhaupt, Jacqueline wiederfinden, was soll das? Du weißt ganz genau, dass das nicht mehr möglich ist. Warum also sagst du so was?«

Marc sah sie erstaunt an. Er war unschlüssig, wusste zunächst nicht, wie er auf Constanzes Worte reagieren sollte.

Ihr Verhalten zeigte ihm, dass sie seine Vergangenheit besser kannte als er selbst. Unsicherheit bemächtigte sich seiner.

Fast klang seine Stimme flehend, als er sagte: »Wie du unschwer erkennen kannst, hatte ich einen Unfall, und dabei habe ich mein Gedächtnis verloren, aber einiges kehrt Gott sei Dank allmählich wieder zurück. Doch es scheint da etwas zu geben, das mich beunruhigt und mich nicht mehr in Frieden leben lässt. Und jetzt, so dicht vor dem Ziel, wo es eine Lösung meines Problems geben könnte, erwarte ich Hilfe von dir, soweit du sie mir geben kannst. Und ich spüre ganz fest, dass du es kannst! Hast du mich verstanden? Constanze, verstehst du mich?« Marc bemühte sich, langsam und im Zusammenhang zu sprechen, aber sein unerwarteter Gefühlsausbruch nervte ihn gleichzeitig, sodass er während des Sprechens merkte, wie sein Gestotter auch Constanze überforderte.

Wieder lachte sie gekünstelt, aber dem kehligen Stocken nach brauchte das Lachen nicht mehr lange, bis es ihr endgültig im Halse stecken blieb.

»Dass du einen Unfall hattest, brauchst du mir nun wirklich nicht zu sagen, das weiß ich wohl. Aber dein Gedächtnis hat damals nach dem Unfall noch ganz gut funktioniert, mein Lieber.«

Marc hatte plötzlich keine Lust, mehr auf der Schwelle seines Hauses mit Constanze zu diskutieren. Mit einer vorwurfsvollen Geste zeigte er zur offenstehenden Türe. »Willst du mich in meinem eigenen Haus tatsächlich am Eingang abfertigen?«

In Haltung und Gestik drückte Constanze unmissverständlich aus, dass sie die Welt nicht mehr verstand. »Also gut«, sagte sie, »gehen wir nach oben, *mein* Haus ist auch dein Haus.« Worauf sie erneut in das ihr eigene, ungebührliche Gelächter ausbrach.

Ratlos schaute sich Marc um. Was er sah, kam ihm fremd vor. Hatte er hier einmal gewohnt? Wie ein Fremder saß er aufrecht und steif im Sessel, und dabei beobachtete er Constanze, wie sie zwei Drinks zubereitete. Hin und wieder schielte sie zu dem schrecklich zugerichteten Mann hinüber. War da etwa Mitleid in ihrem Blick zu lesen?

»Den Whisky ohne Soda, wie früher, Marc?«

Er nickte beiläufig. Constanze servierte das Getränk, dann ließ sie sich mit einem ebenfalls vollen Glas aufstöhnend in das Polster des gegenüberliegenden Sessels fallen. Marc entging nicht, wie bezaubernd sie aussah.

»Prost, Marc!« Verführerisch lächelnd hielt sie ihm ihr Glas entgegen und scherzte: »Je später der Abend, desto schöner die Gäste.« Hastig trank sie, und Marc erkannte, dass sie ihm etwas vorspielte. Für ihn spielte sie die Rolle einer

Diva, die hinter ihrer aufgesetzten Fassade die Unsicherheit eines kleinen Mädchens verstecken wollte.

Er musterte sie, als ob er hinter ihre Stirne gucken könnte. Als sie zum Tisch vorbeugte und ihr Glas abstellte, konnte er ihr tief in den Ausschnitt ihres freizügig geschnittenen Dekolletés blicken. Abermals dachte er, wie schön, wie aufreizend schön sie war. Was würde er dafür geben, wenn sie Jacqueline wäre. Dann säße er nicht so befangen da, nein, ganz im Gegenteil, dann würde er ihr all seine über lange Zeit aufgesparte Liebe geben.

»Du trinkst ja gar nicht, Marc. Komm, lass uns auf das unverhoffte Wiedersehen trinken und vielleicht auch auf die alten Zeiten!«

Er riss sich zusammen und beschloss, ihr Spiel mitzuspielen, solange es ging. Ein Spiel, bei dem der Sieger zum Verlierer werden würde.

»Also gut, trinken wir auf das Wiedersehen. Aber nur auf das Wiedersehen. Was weiß ich schon von den alten Zeiten?«

Nun war war sie es, die ihn fixierte, als wolle sie ihn mit ihrem Blick zur Wahrheit zwingen. Schließlich fragte sie erstaunt: »Ich dachte, du treibst einen bösen Spaß mit mir, Marc. Willst du sagen, dass du wirklich nicht mehr weißt, was damals vorgefallen ist?«

Jetzt war es Marc, der sein Glas in einem Zug leer trank. Er konnte nicht direkt antworten. Das ungewohnte Zeug brannte ihm in der Kehle. Für einen Moment war ihm, als atme er die Hitze des Feuers wieder ein. Schweiß zwängte sich durch die Poren seiner narbigen Haut. Er wollte ihr endlich eine Antwort geben, damit sie ihn nicht weiter abwartend anstierte.

»Ja, das will ich!«, brach es aus ihm heraus.

Sie sank in den Sessel zurück; ihr war anzusehen, dass die Situation sie überforderte. »Bist du nur gekommen, um zu erfahren, was passiert ist?«

»Vorerst ja.«

»Aber … aber lieber Marc«, säuselte sie, »willst du mir nicht erst mal sagen, wie dir … wie dir das da zugestoßen ist?« Ihre gepflegte, manikürte Hand umschrieb demonstrativ ihr eigenes makelloses Gesicht.

Marc presste die Lippen aufeinander. »Was mir zugestoßen ist? Darum geht es nicht. Ich will wissen, was ich nicht weiß. Nämlich was mich dazu veranlasst hat, Jacqueline zu verlassen und nach Frankreich zu fliehen. Jedenfalls habe ich das ungute Gefühl, damals geflohen zu sein.«

Nachdenklich stand Constanze auf, um sich abermals ihr Glas zu füllen.

»Trink nicht so viel, bevor du mir geantwortet hast!«, befiehlt er ihr scharf, woraufhin ihn ihr geringschätziger Blick traf, während sie sich mit dem Glas am Mund wieder setzte. Aufgebracht fragte er: »Kannst du mir überhaupt Antworten auf meine Fragen geben? Kennst du die Zusammenhänge?«

Ihre Mimik verriet, was sie dachte. *Wenn ich es nicht weiß, wer soll es dann wissen?* Und ihr entging sicherlich nicht, dass der Schweiß inzwischen wie aufgereihte Perlen auf Marcs dünner Haut kleben blieb.

Er zog hektisch seine Jacke aus und warf sie achtlos an den Boden. Auch unter den Achseln zeigten sich auf dem Hemd deutlich nasse Ränder. Mit dem Glas in der Hand ging er zum Servierwagen und goss sich selbst vom Whisky nach.

Constanze nutzte den Augenblick. »Dann mal anders gefragt, was weißt du denn nicht mehr?«

Marc setzte sich. Er nippte fahrig an dem Whisky, zog ein Tuch aus der Hosentasche und wischte sich die Stirn trocken. »Ich denke, es reicht, wenn ich dir sage, was ich weiß«, antwortete er ihr. Schließlich begann er mit seiner Aufzählung, wie jemand, der penibel eine Checkliste durchging. »Fakt ist, dass ich mit Jacqueline, deiner Zwillingsschwester, verheiratet bin und mit ihr bis zu einem bestimmten Tag glücklich und zufrieden in diesem Haus gelebt habe.« Nach einer kurzen Phase der inneren Sammlung fährt er fort: »Wir hatten ein gutes Leben, in dem es, wenn ich mich nun recht erinnere, nur einen Störenfried gab, und das warst du.« Seine Stimme hatte sich erhoben, während er mit zitterndem Finger auf sie zeigte.

Sie grinste hämisch. »Nur weiter, mein Lieber, nur weiter so.«

Marc schwindelte es, er glaubte, jeden Augenblick vollends die Nerven zu verlieren. Die Anspannung der letzten Tage zerrten an ihnen, als würde man ein Gummiband bis kurz bevor es zerreißt in die Länge ziehen.

»Was weiter?«, brüllte er unvermittelt. »Das ist es doch, wovon ich rede, dieser verdammte ausgelöschte Tag ist es, der mich schier wahnsinnig macht.« Er stürzte den Whisky in sich hinein. Das bis zum Reißen strapazierte Gummiband schien sich ein wenig zu lockern, sodass er wieder Luft zum Atmen bekam.

Nun wechselte Constanze ihre Rolle. Von der Diva wurde sie ohne große Schwierigkeiten zur Furie. »Jetzt weiß ich, was du vorhast«, keifte sie los, »Du machst einen auf Paragraf 51 und schiebst mir alles in die Schuhe! Dann hast du mir also auch diesen Kommissar Schlapp, oder wie der Kerl heißt, auf den Hals gejagt? Andauernd taucht der Sonderling hier auf und fragt mir Löcher in den Bauch. Oh, mein lieber Marc, pass du nur selber auf, dass dir nicht der Schuh drückt! Du und deine ach so unschuldige Jacqueline, ihr seid doch an dem ganzen Schlamassel schuld!« Abrupt sprang sie auf. Ihr Gesicht war vom Zorn hässlich verzerrt.

Skeptisch beobachtete Marc, wie sie die Schublade des Schreibtisches aufriss. Was hatte sie vor? Früher hatte er seine echte, scharfe Pistole dort versteckt. Auf alles vorbereitet, spannte er seinen Körper an. Doch dann flog ein Foto in hohem Bogen in den Raum, das offenbar zuoberst gelegen hatte. Sie kramte weiter in der Lade herum, und Marc fiel auf, wie abstoßend sie jetzt aussah, wenn sie sich bloß sehen würde.

Mit einem Schlag veränderte sich ihre Hassmaske wieder und wich einem provokanten Lächeln, als sie einen Stapel Fotos wie eine Trophäe in die Höhe reckte. »Hier«, schrie sie, dass sich ihre Stimme überschlug, »wenn du es unbedingt wissen willst.« Sie lief zu ihm zurück und warf ihm die Bilder mit Abscheu vor die Füße. »Eigentlich wollte ich sie vernichtet haben, bevor der Kommissar sie auch noch aufstöbert!«

Er wusste nicht, was das zu bedeuten hatte. Verunsichert bückte er sich danach, und was er zu sehen bekam, übertraf seine schlimmsten Erwartungen. Ihm war, als würde der letzte Funken Hoffnung verglühen. Ein Funke, der ihm die schier unerträglichen Schmerzen bisher einigermaßen erträglich gemacht hatte, der ihn trotz seines erlittenen Schicksals an eine Zukunft hatte glauben lassen, die jetzt wie ein marodes Gebäude in Schutt und Asche zusammenfiel. Stattdessen stiegen Ekel und Abscheu in ihm auf, die ihn wie bösartige Geister verhöhnten. Ahnungen, die sich schon lange in ihm breitmachen wollten und die er immer damit bekämpfte, weil er an die große Liebe glaubte, die einst aus ihm und Jacqueline ein glückliches Paar gemacht hatte. Doch nun hielt er den schäbigen Beweis ihrer Untreue in der Hand. Ein Stapel von Fotos zeigte ihm die ungeschminkte Wahrheit, den untrüglichen Beweis, dass der zügellose Trieb stärker war als die reine, wahre Liebe. Angewidert stierte er in die menschlichen Abgründe wie in eine tiefe, ausweglose Schlucht.

Vor seinen Augen aalte sich Jacqueline in obszönen Stellungen nackt auf einem Bett. Über ihr, neben ihr, verkehrt herum auf ihr liegend, ein ebenfalls nackter Mann in eindeutig dargestellter Erregung.

Zunächst weigerte sich alles in ihm, auf die schmuddeligen Details zu achten. Dann aber übermannte ihn das Verlangen nach Gewissheit. Die Fotos wurden schlagartig zum Licht der Erkenntnis, das die restliche Dunkelheit in seinem Kopf nun erhellte. Zweifelsohne waren die Bilder nicht nur in diesem, seinem, Hause aufgenommen worden, sondern sogar im ehelichen Schlafzimmer, das kann er nun an verschiedenen Gegenständen im Raum erkennen. Die französische Liege hatte er ja selbst mit Jacqueline ausgesucht. Und nun lag sie mit einem fremden Mann darauf und gab sich ihm zügellos hin. Ekstatisch verzückt, die Augen in vulgärer Manier halb verschlossen, hatte die Kamera in Nahaufnahme ihr Gesicht gezeichnet. Aber ... kam ihm der Mann nicht bekannt vor? Hat er diese unsympathische, verschlagen wirkende Visage nicht schon einmal gesehen? Er war sicher, diesem Mistkerl schon begegnet zu sein!

Marc schlug sich verzweifelt die Faust aufs Knie. Wie war noch gleich sein Name? War das nicht ... war das nicht ... Natürlich! Das war doch dieser fragwürdige Graf von Hohenstein! Genau! Daraufhin hielt er mit fragendem Blick eines der Bilder, auf dem der dreiste Kerl besonders gut zu erkennen war, Constanze entgegen. Diese begann zu weinen. Sie weinte so gekonnt, dass es schon fast wie eine Filmszene wirkte.

»Was ist?«, staunte Marc. »Warum weinst du plötzlich?«

Nun verlor sie gänzlich die Fassung. »Ich habe immer nur dich geliebt, Marc. Vom ersten Augenblick an, da ich dich sah, habe ich immer nur dich geliebt. Warum hast du dich meiner Schwester, diesem Flittchen, an den Hals geworfen? Du hättest das, was du von ihr bekommen hast, auch von mir haben können, und alles wäre gut geworden.« Ihre letzten Worte gingen im durchaus glaubwürdigen Geschluchze beinahe unter.

Dennoch wollte sich Marc davon nicht beirren lassen. Er versuchte seine Worte besonders kühl zu setzen, nur seine Fingerspitze tippte auf dem Foto herum. »Ist der hier Ottmar Graf von Hohenstein, dein ganz spezieller Intimus?«, hakte er eindringlich nach.

Ohne hinzusehen, nickte sie.

Dafür starrte Marc geradezu selbstquälerisch immer wieder auf die Bilder, um eventuell damit die Wahrheit Lüge zu strafen. Aber der Wunsch war kein Radiergummi, mit dem man das Geschehene einfach ausradieren konnte. Es gab keinen Zweifel, die Frau beim Liebesspiel war Jacqueline. Der

Ring mit den auffälligen Brillantherzen zum Beispiel, den er ihr zum Hochzeitstag geschenkt hatte, den erkannte er deutlich an der schlanken Frauenhand, die dem Geliebten an intimster Stelle zärtliches Glück verhieß.

Je länger Marc auf die vergrößerten Hochglanzbilder starrte, desto bewusster wurde ihm, dass er diesen Anblick, diese Schande, in der Vergangenheit schon einmal gesehen hatte. Waren nicht diese Fotos der Auslöser für etwas Gravierendes gewesen, das sein Leben und das derer, die ihm nahe standen, von heute auf morgen vernichtend aus der Bahn geworfen hatte?

Konsterniert, ohne seinen Blick von der Schandtat abzuwenden, fragte er Constanze: »Wer hat diese Bilder gemacht – und warum nur?« Immer wieder ließ er sie durch seine Hände gleiten, als mischte er sein Schicksal aufs Neue.

Constanze stellte ihr Schluchzen wie auf Knopfdruck ein. »Das waren sie selber, sie haben sich bei dieser Ferkelei selbst fotografiert!« Ihre Stimme triumphierte. »Sie werden die Fotos mit Selbstauslöser gemacht haben. Jacqueline hatte sie mir einmal im Streit gezeigt, um mich zu demütigen, dass sie in der Lage ist, mir jeden Mann abspenstig zu machen, auch den Grafen.« Offenkundig genoss Constanze es, einen Trumpf nach dem anderen auszuspielen.

»Ich habe dich oft genug gewarnt, mein Freund, aber du wolltest ja nicht auf mich hören.«

Marc war fassungslos. »Wie sind sie in deinen Besitz gekommen?«

»Ha«, machte Constanze, als würde sie seine Naivität bedauern. »Ich habe schon gewusst, wie ich das Schwein von Grafen unter Druck setzen konnte. Entweder du besorgst mir die Bilder, habe ich ihm angedroht, oder es ist aus zwischen uns. Er hat sich genau überlegt, wo sein Vorteil lag.«

Marc erhob sich schwerfällig, so als hätte ihm eine imaginäre Macht mit der Begründung, sieh zu, wie du damit fertig wirst, die Last der gesamten Welt auf die Schultern gepackt. Mit versteinerter Miene und mit gebeugtem Kreuz schlich er wie ein geprügelter Hund zur Whiskyflasche und ließ gierig den nicht unerheblichen Rest des Inhalts in sich hineinlaufen. Der scharfe Alkohol bereitete ihm umgehend das Schreckgefühl, ersticken zu müssen. Ein fürchterlicher Hustenanfall schüttelte ihn. Danach ließ er sich völlig erschöpft in den Sessel fallen. Er wollte nicht mehr. Er konnte nicht mehr! Er wollte diese verdammte Welt nicht mehr sehen. Seine Gedanken versteckten sich auf seinen Befehl hin in seinem Körper, wo sich alles Böse zu verstecken schien. Dort fand er auch die Vision wieder, die er eben in der Einfahrt gehabt hatte und die, in Kenntnis der Sachlage, keine launenhafte Illusion gewesen war, nein, sie war grausame Realität.

Ein Auto fährt auf ihn zu. Am Steuer erkennt er Jacqueline, und daneben sitzt ein fremder Mann? Er, Marc, stoppt

den Wagen. Zu allem entschlossen, stellt er sich mit einer
Pistole in der ausgestreckten Hand breitbeinig in den Weg.

Verzweifelt schlug er die Hände vor sein Gesicht, im Glauben, sich vor einer Selbstanklage verstecken zu können. Dennoch begann er ein Selbstgespräch zu führen, das quasi einer Beichte glich, die aber nicht nur für seine Ohren bestimmt sein sollte, sondern gleichzeitig wurden seine Worte zu einer Bitte, die sich an Constanze richtete, das Gesagte zu bestätigen, auch wenn ihm die Wahrheit wehtun würde. Ruhig und konzentriert begann er zu sprechen: »Ich habe damals blind vor Zorn Jacqueline und ihrem Geliebten mit vorgehaltener Pistole vor dem Haus aufgelauert, da sie im Begriff waren, sich mit unserem Wagen, an dessen Lenkrad Jacqueline saß, wohin und warum auch immer, aus dem Staub zu machen.« Er machte eine Pause. Dann fragte er Constanze direkt: »Ist es richtig, dass ich es tat, nachdem du mir wochenlang in den Ohren gelegen hattest, dass Jacqueline mich mit deinem Grafen betrügt und du mir, nachdem ich dir kein Wort geglaubt habe, diese Fotos als Beweis vorgelegt hast?« Wie eine Anklage wedelte er mit den Bildern in der Luft herum. »Außerdem hattest du mir zuvor gesagt, was die beiden wann und wo vorhaben.«

Marc konnte vor Aufregung nicht mehr still im Sessel sitzen. Voller Unruhe lief er während seines Resümees auf und ab wie ein Raubtier, das in einem Käfig eingesperrt war. Gelegentlich musste er sich irgendwo festhalten, da der Alkohol seine Wirkung zeigte. »Ist das richtig, was ich bisher gesagt habe?« Seine Stimme war lauter geworden, Aggression schwang darin mit. Direkt vor ihr blieb er stehen und musterte Constanze aus geröteten Augen eindringlich.

Sie ging ihm aus dem Weg, um sich im Abseits zu ihm wieder hinzusetzen. Nun, da sie räumlichen Abstand gewonnen hatte, sah sie ihn kaltschnäuzig an. Doch er ließ sich nicht von ihrer aufgesetzten Kühle beirren.

»Rede nur dazwischen, wenn ich etwas Falsches sage«, forderte er sie auf und begann von Neuem. »Ich habe den Wagen gestoppt und bin hinten zugestiegen. Immer darauf bedacht, diesen Mistkerl mit der Waffe in Schach zu halten.« Plötzlich hielt er mit einem verzweifelten Gesichtsausdruck inne. Wie ein ertappter Schulbub hob er zu einer angedeuteten Entschuldigung die Schultern hoch. »Ob du es glaubst oder nicht, Constanze, ich wollte den beiden nur einen Schrecken einjagen. Ich habe sie doch mit einer Spielzeugpistole bedroht, die ich mir extra für diese Gaudi besorgt hatte. Eins auswischen wollte ich dem Grafen, das kannst du mir glauben. Dem sollte nur mal richtig der Arsch auf Grundeis gehen, mehr nicht.« Marc trat ans Fenster. Sein Blick verlor sich im Dunkel der Nacht.

Constanze, die ihn aufmerksam beobachtete, musste das Spiegelbild seiner Verzweiflung gesehen haben, die er vor ihr verstecken wollte.

Abrupt drehte er sich um. Er hatte sich gefangen. Er lachte sogar. »Ich hatte mir alles so schön vorgestellt. In das verlassene Industriegebiet vor der Stadt wollte ich Jacqueline und ihn lotsen. Und dann hätte ich den feinen Herrn Grafen gezwungen auszusteigen und sich splitternackt auszuziehen. Auf allen vieren hätte er bellend vor Jacquelines Augen kriechen müssen, und ich hätte dem Schweinehund dabei mit der Hundeleine von Rex den blanken Arsch versohlt.« Wieder in Niedergeschlagenheit gewandelt, fügte er kleinlaut und zerknirscht an: »Jacqueline ... ihr hätte ich verziehen, dafür habe ich sie viel zu sehr geliebt.«

Auch jetzt, obwohl er sich vor wenigen Minuten wieder die abstoßenden Fotos ansehen musste, wallte trotz allem Liebe in ihm auf, eine einzigartige Liebe für die Frau, die ihn aufs Schändlichste betrogen hatte. In Marcs Kopf drehte sich alles. Whisky war eben kein Wein, wie er ihn einst mit Pierre so gerne getrunken hatte. Dafür war der Whisky ehrlicher, schonungsloser zu dem, der ihn trank. Da war plötzlich nichts mehr mit dem weinseligen Schunkelgemüt, hinter dessen Maske des braven Biedermanns sich die Lüge sehr gut verstecken konnte. Ganz im Gegenteil, das hochprozentige Gesöff sorgte umgehend für schonungslose Klarheit in der Birne. Man wusste schon seit Ewigkeiten, dass Besoffene stets die Wahrheit sagten. Und so, wie man in einem düsteren Keller das Licht anknipste und umgehend sämtliches Gerümpel und Unrat sah, dass sich dort Jahr für Jahr in den

Ecken angesammelt hatte, ebenso erkannte Marc im Licht des Alkohols den angereicherten Dreck und Abfall in seiner Seele.

Ach Pierre, dachte er zutiefst beklommen, *dir hätte ich auch einen besseren Freund wie mich gegönnt. Und du treuer Gefährte wolltest mir in guten Zeiten deine Tochter anvertrauen, dieses reine Wesen, das noch nie jemandem das Herz gebrochen hat. Wie gut, dass ihr mich jetzt nicht sehen könnt, ihr beiden lieben Menschen.*

Sie kannten schließlich nicht diesen Lumpen Marc Levante, sie kannten nur den *anständigen* Albert Mertin, der bei ihnen wie aus dem Nichts erschienen war! Der wäre nie dazu in der Lage gewesen, einen Menschen umzubringen. Doch das besoffene Schwein, das hier vor einem hinterfotzigen Luder sein Herz ausschüttete, der hatte es gekonnt. Ja, ja, ja, gleich zwei Menschen hatte er auf dem Gewissen. Marc wusste jetzt genau, wie die Geschichte weiterging. Aber ihm lag nichts mehr daran, seine Schandtat auch noch laut in die Welt hinauszuposaunen. Zu erschrocken war er über sich selbst, zu was er fähig gewesen war.

Schweigend starrte er in die Scheibe. Die Dunkelheit dahinter wurde für ihn die richtige Leinwand, um seinen Kopffilm abspielen zu lassen. Constanze war ihm gleichgültig, er brauchte keine Zuschauer, es war sein Film, seine ganz eigene Tragödie.

Die Scheinwerfer des dahin brausenden Wagens fressen grelle Löcher in die Dunkelheit. Der weiße Mittelstreifen, von Markierungsstrichen unterbrochen, rast auf dem Asphalt zwischen den surrenden Rädern hindurch. An den Begrenzungspfeilern blinken rhythmisch die Katzenaugen auf. Baumschatten huschen vorbei. In der Ferne vereinzelt Lichter einer Ortschaft.

Kauernd sitzt er auf der Rückbank. Jacquelines Gesicht ist schneeweiß, so viel erkennt er im Schein der Armaturenbeleuchtung. Krampfhaft hält sie das Lenkrad umfasst. Fassungslos weint sie und beteuert, dass alles nur ein Missverständnis sei. Doch je mehr sie seine Vorwürfe abstreitet, desto zorniger wird er. »Fahr schneller!«, schreit er immer wieder, und dabei drückt er dem Nebenbuhler ungerührt den Lauf der Pistole in den Nacken. Der wimmert und fleht, und wegen der Anschuldigungen sieht er völlig überrascht aus.

Nie und nimmer ist er der Frau neben ihm je zu nahe getreten, beteuert er hoch und heilig. Constanze, sie und er treffen sich gelegentlich, das gibt er ja zu, aber alles rein freundschaftlich! Er schwört, dass er auf Anraten von Constanze Jaqueline nur gebeten hat, ihn heute zum Flughafen zu fahren, mehr nicht.

Doch was anfangs nur ein makabrer Spaß sein sollte, schlägt bei Marc in blindwütigem Hass um. Seltsamerweise gefällt er sich in der Rolle des starken Mannes, der Macht hat, diejenigen zu bestrafen, die ihn hinterlistig erniedrigen und zudem schändlich belügen. Da treibt er es auf die Spitze und höhnt, dass es ihm völlig egal sei, ob er gestehen würde oder nicht. Gleichwohl, bald würde er seine bittre Lektion erhalten, und mit dem Mund ahmt er das Geräusch eines Schusses nach.

Otto Krawuttke, alias Ottmar Graf von Hohenstein, sieht sich daraufhin derart in die Enge getrieben, dass er einen winzigen Moment von Marcs Unachtsamkeit nutzt, um ihm aus lauter Verzweiflung in die Pistole zu greifen. Im Nu entstehen lautstarkes Gebrüll und wildes Handgemenge, in dessen Folge Jacqueline, die instinktiv eingreifen will, die Gewalt über das Fahrzeug verliert und der Wagen, nach vergeblichen Korrekturversuchen, ihn in der Spur zu halten, den Gesetzen der Fliehkraft folgend quietschend ausbricht. Daraufhin rast das Auto wie ein abgeschossener Pfeil eine Böschung hoch. Es überschlägt sich. Die hinteren Türen springen krachend auf. Einer der Männer wird in weitem Bogen herausgeschleudert. Blech zerschellt explodierend an einem Brückenpfeiler. Hinter zerberstenden Scheiben zucken für wenige Augenblicke zwei eingeklemmte Menschen im Flammeninferno. Unweit entfernt steht eine erstarrte Gestalt und schreit schier irrsinnig geworden den Namen der Frau: »Jacqueliiine!«

Er war also die ominöse Gestalt, die verzweifelt geschrien hatte. Zum Eingreifen, um sie noch aus der Flammenhölle zu retten, gab es keine Chance mehr, zu hoch und zu entfesselt spuckte das Feuer, vom Benzin gespeist, wie ein Fanal des Bösen in den Nachthimmel. Er musste mit ansehen, wie das, was er mehr liebte als sein eigenes Leben, vor seinen Augen verbrannte. Dass er aus mehreren Kopfverletzungen blutete, bekam er gar nicht mit. Aber ansonsten war er, wie es aussah und wie es sich anfühlte, an Armen und Beinen unverletzt. War es ihm zur Gnade oder Strafe geworden, einigermaßen heil aus dem Schlamassel gekommen zu sein? Unfähig, seine Gedanken zu kontrollieren, gab es für ihn nur eines: weg, weit weg. Weg von dieser Stelle, die seine Bosheit, sein teuflisches Wesen entlarvte, das bis zu dieser Stunde unscheinbar in ihm geschlummert und nur auf den Befehl der Rache gewartet hatte, um sich der Welt in seiner ganzen Hässlichkeit zu offenbaren.

Ziellos war er davongerannt, noch mit der Pistole in der Hand, die er krampfhaft umschlossen hielt. Wie vom Teufel gejagt verschwand er in der Nacht.

Constanze, die von Marcs Schweigen unruhig geworden war, fragte in die Stille hinein: »Willst du nicht weiter erzählen?«

Die Frage riss ihn brutal aus der gedanklichen Szenerie.

»Marc, hallo? Komm zu dir!« Doch dann winkte sie ab. »Dann spar dir weitere Worte, ich kenne die Story zur Genüge.« Bevor sie weitersprach, nahm auch sie einen ordentlichen Schluck aus ihrem neu gefüllten Glas. »Vielleicht wäre es besser für uns beide gewesen, du hättest das alles für immer vergessen.«

Wieder ins Diesseits gerissen, versorgte sich auch Marc mit einem neuen Getränk. Eine Flasche Korn griff er sich aus der Bar, woraufhin er sich ganz dicht neben Constanze auf die Couch setzte. Und während er an dem Verschluss der Flasche hantierte, fragt er sie: »Wie meinst du das ... besser für uns beide? Was hast du damit zu tun?«

Constance wurde es merklich mulmig zumute. Möglicherweise deswegen, weil Marc schon ziemlich vom Alkohol gezeichnet war und sie nicht einzuschätzen wusste, wie er reagieren würde? Auf der anderen Seite musste es ihr in dem Moment klar geworden sein, das auf der Stelle weitreichende Entscheidungen und Fakten für die nahe Zukunft getroffen werden müssen.

»Na, dann pass mal auf«, sagte sie mit einem scharfsinnigen Angriff nach vorne. »Ich habe dich immer gewarnt, nicht so leichtgläubig zu sein. Meine Schwester war nicht der liebe Engel, den du in ihr gesehen hast. Ich habe dich frühzeitig vor ihr gewarnt, und die Bilder haben es ja bewiesen. Ich war doch diejenige, die dich vor einer großen Dummheit bewahren wollte. Und jetzt fragst du mich, was ich damit zu tun habe? Dann werde ich dir mal die ganze Geschichte erzählen, falls du da etwas verdrängen möchtest in deinem Hinterstübchen. Wer hat mich denn mitten in der Nacht angerufen und gejammert, *Constanze, Constanze, komm bitte sofort zu mir, es ist etwas Schreckliches passiert!* Das warst doch wohl du, oder? Und wer hat alles stehen und liegen lassen und ist gleich darauf losgefahren, um dir deine blutigen Wunden zu lecken, das war doch wohl ich, oder?« Constanze war laut geworden.

Marc trank direkt aus der Flasche. Als er sie nach einigen großen Schlucken absetzte, lallte er: »Willst du eine Antwort haben? Willst du tatsächlich eine Antwort?«

»Nein, hör mir einfach nur zu, damit sich endlich etwas in deinem ach so überbeanspruchten Kopf geraderückt!« Constanze ereiferte sich mehr und mehr. Ihr Gesicht war fleckig gerötet, und der vom Schweiß verlaufene Eyeliner zeichnete schwarze Linien auf ihre Wangen, sodass es aussah, als hätte ihr Gesicht Risse bekommen und würde wie ein Porzellangefäß jeden Augenblick zerspringen. »Hier in diesem Raum haben wir gesessen, nachdem ich deine Verletzungen versorgt habe. Völlig aufgelöst warst du, und ich habe lange gebraucht zu verstehen, was eigentlich geschehen ist. Wäre ich nicht gewesen, du wärst blindlings in dein Unheil gestürzt. Zur Polizei wolltest du rennen, du Idiot. Meinst du, das hätte die beiden wieder lebendig gemacht?« Wie ein hinterlistiges Gewissen redete sie eindringlich auf ihn ein, während Marc teilnahmslos das Etikett der Kornflasche las.

»Meinem kühlen Kopf verdankst du es doch, dass du bis zum heutigen Tage mit einem blauen Auge davon gekommen bist. Ich habe dir doch nach deiner Dummheit gesagt, wie es weiter gehen soll, ich, ich, ich!«

Als ginge es ihn nichts an, genoss Marc unkontrolliert den Korn.

Fassungslos beobachtete Constanze ihn dabei und scheint froh darüber zu sein, als er seine Sprache wiederfand.

»Du hast, wenn ich richtig vermute, nicht schlecht davon profitiert!« Während er die Worte hervorstammelte, rieb er mit der rechten Hand Zeigefinger und Daumen aneinander.

Constanze lachte schrill auf. »Na, das ist ja wohl das Mindeste, was ich von dir erwarten durfte. Schließlich habe ich mich mitschuldig gemacht, indem ich deine Haut rettete.« Für einen Moment zuckte sie zusammen, als ob ihr beim Anblick von Marcs jetzigem Zustand der Satz mit der geretteten Haut bewusst geworden wäre.

»Ja, ja, ja … Du hast meine Haut gerettet.« Überreizt fuhr Marc dazwischen. »Und dies hier ist das Einzige, was mir geblieben ist.« Er sprang auf, und mit einem Ruck riss er sich das Hemd auseinander, sodass die Knöpfe in alle Richtungen davonflogen. »Das ist mir geblieben!«, brüllte er.

Constanze presste sich vor Schreck in die Polster. Vielleicht hatte sie sogar Mitleid mit diesem brandnarbig entstellten Mann. Doch schnell bekam sie ihre entgleisten Gefühle wieder in den Griff. »Wenn die Freiheit und dreißigtausend Euro nichts sind, dann ist dir wirklich nichts geblieben.«

»Ach rede doch nicht so einen Unsinn, Constanze, das ist nichts im Verhältnis zu dem, was ich verloren habe. Ich habe meine Frau verloren, meine Geschäftsanteile der Firma, mein Haus. Überhaupt alles!« Er schnellte hoch. Wie ein Wahnsinniger führte er sich jetzt auf.

Constanze rückte erschrocken zur Seite, denn für einen Moment glaubte sie, er würde stürzen, aber die Stehlampe gab ihm Halt. Er zwang sich, einigermaßen ruhig zu stehen. Gleichzeitig sah es aus, als würde einem zuvor prall gefüllten Luftballon die Luft entweichen, in dieser Art fiel sein Körper in sich zusammen. Und damit wurde auch seine Stimme leiser.

»Ganz abgesehen davon, dass der arme Kerl wegen meiner Dummheit und meiner Eifersucht sein Leben verlieren musste.« Übergangslos beugte er sich so tief zu Constanze herunter, dass sich fast ihre Nasenspitzen berührten. Wohl allein wegen der Alkoholfahne wandte Constanze sich mit krausem Gesicht ab. Doch sein Blick folgte ihr. Als würde er aus ihrem Gesicht die Wahrheit herauslesen können, versanken seine Augen in ihren.

»Oh!«, entfährt es ihm dann. »Was für ein Hornochse bin ich gewesen!« Mit seinen Händen stützte er sich auf ihren Oberschenkeln ab, dann zischelt er: »Du, du hast alles gewonnen. Ich musste mich sogar darauf einlassen, dir ein fingiertes, handschriftliches Testament zu hinterlassen, indem ich Jacquelines Unterschrift fälschte, damit nach ihrem und meinem Tod jegliches Vermögen und Besitz an dich übergeht. Du hast mich regelrecht erpresst, war es nicht so?« Marc streckte sein schmerzendes Kreuz wieder gerade.

Erleichtert, seine Nähe überstanden zu haben, sah sie mit kritischen Augen, wie er den Kopf schüttelte. Er schüttelte ihn wie jemand, der bis zu diesem Moment im Glauben gewesen war, sechs Richtige im Lotto zu haben, und nun merkte, dass er den Losschein gar nicht abgegeben hatte. »Hör auf zu jammern«, fauchte sie los, »hör bloß auf zu jammern. Meinst du, es wäre ein Vergnügen für mich gewesen, die Polizei anzulügen und die halb verkohlten Leichen als Marc und Jacqueline Levante zu identifizieren? Meinst du, es hat mir Spaß gemacht, meine Schwester so erbärmlich enden zu sehen? Und dennoch ... ich habe mein Wort gehalten und alles so gemacht, wie wir es in der Unfallnacht gemeinsam – hörst du? – *gemeinsam* besprochen haben. Nein, lieber Marc, mach mich nicht für deine Fehler verantwortlich. Was wärst du denn ohne mich! Und wo? Ohne mich wärst du nie und nimmer schon Stunden später in Südfrankreich gewesen. Ich habe die Strapazen auf mich genommen, dich auf deinen flehentlichen Wunsch hin sicher und bequem dort hinzufahren. Du warst doch nicht mehr als ein Häufchen Elend. Also lass deine Vorwürfe, sie prallen an mir ab! Hörst du? Sie prallen an mir ab!«

Ihr Auftritt hatte Marc beeindruckt. Und noch mehr beeindruckte es ihn zu sehen, wie ihr wie auf Kommando dicke Krokodilstränen über die geröteten, Solarium gebräunten Wangen kullerten.

»Das und noch vieles mehr habe ich gemacht«, begann sie von Neuem, »obwohl du meine Schwester auf dem Gewissen hast. Von wegen Spielzeugpistole! Erzähle nicht so einen Quatsch. Ich weiß, dass du eine echte Pistole in deiner Schreibtischschublade hattest, die du jedes Mal mitgenommen hast, wenn du wegen der Einkäufe von Schmucksteinen unterwegs warst.«

Vielleicht aus Verlegenheit oder aus Unsicherheit richtete Marc sein Hemd ordentlich. Er knöpfte es mit großen Schwierigkeiten zu und steckte es in die Hose. Zu sehr war er damit beschäftigt, sich darüber zu wundern, dass aus ihren kalten Augen Tränen flossen. Eigentlich hätte er erwartet, dass sich kleine Eisstückchen zwischen ihren langen Wimpern hervorzwängten.

»Weinst du auch um Deinen Grafen?«, fragte er sie ein wenig tröstlich gestimmt.

Sofort versiegte ihre Schmerzquelle. »Pah!«, polterte sie los, »Krawuttke war ein Arschloch, ein Schwein, ein Hochstapler, er hat es verdient. Betrogen und bestohlen hat er mich, der Mistkerl, und seiner Frau hat er von meinem Geld schöne Geschenke gemacht, wie ich später von ihr persönlich erfuhr. Dieser ... dieser Kerl hat mir den Hof gemacht, obwohl er verheiratet war!« Ihr Gesicht verzog sich zu einer zornigen Maske. Und mehr zu sich selbst sagte sie: »Kein Mann betrügt mich und führt mich ungestraft an der Nase herum!«

Nach diesem unerquicklichen Gefühlsausbruch setzten sich beide schweigsam gegenüber, jeder seinen eigenen Gedanken nachgehend. Es dauerte nicht lange, da kippte Marc immer wieder zu Seite, der Fusel hatte ihm den Rest gegeben. Constanze beobachtete ihn währenddessen wie einen lästigen Gast, den man so schnell wie möglich loswerden wollte.

»Hey Marc«, rief sie in die Stille hinein, »was denkst du, wie es weitergehen soll?«

Marc glotzte sie aus kleinen Schweinsäuglein an. »Was willst du?«

»Ich fragte, wie es weitergehen soll.«

»Womit?«

»Mensch, lass doch den Alkohol aus dem Balg, wenn du ihn nicht verträgst. Wir müssen jetzt einen klaren Kopf haben.«

Marc kicherte albern. »Was willst du denn, ich hab doch einen Klaren im Kopf.«

Constanze stöhnte entnervt auf. »Es ist wohl besser, wenn ich dir das Soda noch nachträglich drüber schütte.«

Er winkte ab. »Was stellst du auch für blöde Fragen ... wie es weitergehen soll. Selbstverständlich wird alles, wie es war. Fast alles.«

Constanze schlug sich fassungslos vor die Stirn. »Und was wirst du den Menschen sagen, wer du bist, wenn sie dich fragen? Na? *Ich bin von den Toten auferstanden* oder was? Du bist tot, mein Lieber, mausetot. Geh nur zum Nordfriedhof, Reihe siebenundvierzig, und schau genau hin! Einen Meter achtzig tief unter der Erde liegst du neben deiner geliebten Frau Jacqueline. Alle haben am Tag deiner Beerdigung am offenen Grab gestanden und euch eine Schippe Dreck auf den Sarg geschmissen.« Provokant sah sie ihn an. Doch sie war noch nicht ans Ende gekommen, ihn mit Worten herauszufordern. »So hast du es gewollt, und ich habe mit meiner Aussage bei den Ämtern dafür gesorgt, dass es so kommt. Basta. Am besten ist, du verschwindest so schnell wie möglich wieder. Ich sagte dir bereits, dass neulich schon die Polizei bei mir war. Dieser Kommissar Schlapp ist nicht ohne, den darf man nicht unterschätzen. Der hat eine Fährte aufgenommen und wird so lange schnüffeln, bis er was findet. Umsonst kreuzt der nicht von Zeit zu Zeit hier auf!«

Unversehens wurde Marc wieder munterer. »Kommissar? Wieso Kommissar – nach all der Zeit?«

»Na, weil Krawuttkes Frau keine Ruhe gibt. Das blöde Weibsstück beobachtet mich ständig und behauptet bei der Polizei dreist, ich hätte etwas mit dem Verschwinden ihres Mannes zu tun. Außerdem – und das ist die Frechheit par excellence – ich hätte ihr einen Ring gestohlen, den sie angeblich von ihrem Mann geschenkt bekommen hat. Lächerlich.«

Manchmal waren es Kleinigkeiten, eine Geste, ein Blick oder ein flüchtig dahingesagtes Wort, die in ihrer letzten Konsequenz eine unvorhergesehene Katastrophe auslösen konnten. Nicht umsonst hieß es in dem Sprichwort, dass der Flügelschlag eines Schmetterlings irgendwo auf der Welt einen Sturm auslösen konnte. Und so geschah es in diesem Moment mit dem harmlosen Wörtchen *Ring*. Es löste in Marcs Gehirn umgehend den strikten Befehl aus, auf Constanzes Hand zu schauen.

Für Constanze völlig überraschend kippte Marc mit dem Oberkörper nach vorne, und gleichzeitig schnappte seine Hand nach der ihren. Als habe er den Stein der Weisen entdeckt, stierte er auf ihre Finger. Constanze schaffte es nicht, sie ihm wegzuziehen.

»Was ... was trägst du da für einen Ring?« Er fragte sie nicht nur einmal, und mit jeder erneuten Frage wurde sein Griff lascher.

Constanze nahm die Gelegenheit wahr, sich seiner Aufdringlichkeit zu entziehen. Aber diese unvorhersehbare Situation war nicht spurlos an ihr vorübergegangen. Als habe sie ein Gespenst angesprochen, räumt sie verwirrt ihr Glas vom Tisch, um es sinnloserweise wieder auf den Servierwagen abzustellen.

Marc, plötzlich hellwach, verfolgte sie aufmerksam mit scharfem Blick, und es entging ihm nicht, dass sich ihr brauner Teint hell verfärbt, so als gieße man unaufhörlich Milch in einen sehr stark gebrühten Kaffee.

»Ist dir nicht gut?«

Sie dürfte seinen Zynismus nicht überhört haben.

»Doch, doch, es ist alles in Ordnung. Warum fragst du?«

»Also, was ist, zeigst du mir den Ring noch einmal?«

»Was soll ich dir denn daran zeigen? Ein Ring ist es halt, ein ganz gewöhnlicher Ring. Einer von vielen, die wir in unseren Geschäften verkaufen.«

Nun wurde Marc erst recht neugierig. Er stand auf und gab sich alle Mühe, sich nicht anmerken zu lassen, dass er den Kanal gestrichen voll hatte. Rigoros packte er nach Constanzes rechter Hand, an deren Ringfinger der ominöse Schmuck steckte. Dann traf ihn die Gewissheit wie ein Keulenschlag.

»Das ist Jacquelines Ring, der Ring, den ich ihr zum Hochzeitstag geschenkt habe!«

Es kam ihm unglaublich vor, dass sie Jacquelines Ring trug. Er konnte es nicht begreifen, er wollte es nicht begreifen! »Wie kommst du an Jacquelines Ring?

»Wie kommst du an Jacquelines Ring, wie kommst du an Jacquelines Ring«, äffte sie ihn nach. »Was soll die Fragerei? Ich komme daran, wie ich an alles gekommen bin nach ihrem Tod. Außerdem habe ich sie anhand ihres Ringes der Polizei gegenüber identifiziert. Aber ihr diese hübsche Arbeit auf die Reise nach drüben ins Jenseits mitzugeben, dafür ist er doch zu schade, findest du nicht auch? Also trage ich ihn jetzt!«

Marc blickte abwechselnd in Constanzes Gesicht und auf die Hand mit dem Ring. Mit einem Male hastet er zurück zum Tisch, wo noch immer die scheußlichen Bilder lagen. Wie ein gewissenhafter Gutachter kontrollierte er jede noch so kleinste Einzelheit darauf, wobei seine Mimik mehr und mehr ausdrückte, dass es ihm langsam wie Schuppen von den Augen fiel. Leise, sodass sie kaum etwas verstehen konnte, flüsterte er: »Das bist du ... Mein Gott, das bist du auf den Bildern!«

Jäh stand Constanze die Panik ins Gesicht geschrieben. Unruhig nestelte sie an ihrem Rock herum. Und als sie sich anschließend mit der Hand verlegen durchs Haar fuhr, verzog sich ihr Mund zu einem hilflosen Lächeln, das mehr so aussah, als kämpfte sie gegen eine Muskelstarre an, die sich um ihre Lippen ausbreiten wollte.

So leise, wie Marks Worte waren, so langsam kam er mit den Fotos in der Hand auf sie zu. »Sag, dass es nicht wahr ist, was ich hier sehe. Ich flehe dich an, sag, dass es nicht wahr ist!«

Constanze, die es in ihrem Leben gewohnt war, immer dann, wenn sie in die Enge getrieben wurde, den Angriff nach vorne zu starten, bekam trotz Marcs bedrohlicher Haltung wieder ein wenig Oberwasser. »Na und?«, sagte sie hochmütig. »Ich kann es nicht mehr ändern. Hättest du damals genauer hingeschaut, aber du hattest ja einen Tunnelblick vor lauter Eifersucht.«

Marc war fassungslos. Dermaßen fassungslos, dass er sich am Kaminsims festhalten musste, weil sich in ihm das Gefühl bemächtigte, vor Zorn die Kontrolle über sich selbst zu verlieren. Es fühlte sich an, als ziehe ihm jemand unter den Füßen den Teppich weg. Sollte die Schlange vor ihm wirklich so rücksichtslos gewesen sein, alles ... alles nur zu ihrem Vorteil initiiert zu haben? Alles nur ein Intrigenspiel?

Marcs Gedanken-Karussell nahm rasende Fahrt auf. Und während er durch die Zeit des Gewesenen dahinflog, sah er Schattenbilder. Einblicke, die ihn wie lüsterne Feinde angreifen wollten. Die verzerrten Gesichter von Constanze und dem Grafen tauchten im Zimmer auf. Sie nahmen Gestalt an. Und gleich darauf lagen sie in seinem Bett. In dem Bett, in dem sich er und Jacqueline sich in manch schönen Stunden ihrer Liebe einander hingegeben hatten. Irgendwann mussten Constanze und der Halunke, während er auf Geschäftsreise war, nach einem gemütlichen Abend bei Jacqueline wie Schauspieler, die eine schlechte Komödie vorgaukelten, sich darin vergnügt haben, während sich Jacqueline ahnungslos in einem anderen Zimmer aufhielt. Vielleicht war sie gerade dabei, die Gästezimmer für die beiden herzurichten? Vielleicht war sie auch kurz weggefahren, um etwas zu besorgen? Alles war ein abgekartetes Spiel gewesen, die Initiierung war perfekt.

Marc wurde es speiübel. Auf der Stelle wollte er das Karussell anhalten. Und als er Constanze mit frechem Gesicht vor sich stehen sah, war die Fahrt mit einer Vollbremsung zu Ende. Es ging so schnell, dass er sich mit beiden Händen an der Wand abstützen musste, um nicht aus der Bahn geworfen zu werden.

»Du wolltest mich reinlegen, stimmt's? Aber was ich nicht verstehe«, stottert er, »Jaqueline hätte nie ihren Ring abgelegt. Also verrate mir, wie du an den Ring gekommen bist.« Ihm verschlug es beinahe die Sprache. Da stand sie nun wie ein gelockter Racheengel vor ihm, und Triumph, aber auch etwas Angst blitzte aus ihren Eisaugen.

»Reinlegen, nur dich?«, gab sie ihm kaltschnäuzig zur Antwort. »Bilde dir nicht zu viel ein, mein Lieber. Da gab es noch andere, die es nicht mehr verdient hatten, mir unter die

Augen zu treten. Auch Jacqueline gehörte dazu. Und vor allem Krawuttke. Er war ein habgieriger Idiot und hat alles mitgemacht, wenn er einen Vorteil für sich darin sah. Er war sogar so habgierig, dass er unbedingt den billigen Ring haben wollte, den ich auf dem Foto am Finger getragen habe. Aber es ist auch wirklich ein schönes Imitat mit lauter Glassteinchen geworden. Da muss ich mich direkt selbst loben. Für eine Goldschmiedin wie mich war es eine Leichtigkeit, und für das Foto reichte er allemal.«

»Du bist krank, Constanze.« Wie in Trance wiederholte Marc diese Worte. »Du bist krank, krank, krank ...« Er sprach wie fremdgesteuert, während sein Leben immer noch wie ein schlechter Film als ein Zeugnis seines Versagens auf der imaginären Leinwand abgespult wurde. Unsäglich leid tat er sich auf einmal.

Die beengten, armseligen Verhältnisse der Kindheit sah er aus einem Nebel von Verzweiflung. Der Vater, den er nicht kannte und der ihm niemals tröstlich über den Kopf gestreichelt hatte, wenn er ihn in der Kindheit brauchte, auch der tauchte schemenhaft und gesichtslos auf. Winkte er da nicht gerade geheimnisvoll und durchsichtig aus jenseitigen Welten herüber? Die Mutter zeigte sich ihm, mit aufgesperrtem Mund auf dem Bett liegend, das umgekippte Wasserglas in der Hand und die Augen blind zur Decke starrend. Chris Norman hörte er ganz deutlich *Midnight Lady* singen, während sich Jacqueline in der blühenden Frische ihrer ganzen Jugend nebulös dazu im Takt wiegte. All das flimmerte vor seinen geschlossenen Augen, bis eine völlige Leere ihm schließlich den Verstand zu rauben schien. Und diese Leere war es, die ihm vorkam, als sei er beraubt worden, als habe ihm ein gemeiner Dieb vorsätzlich das Glück gestohlen.

Heiße Wut stieg in ihm auf. So heiß und brennend, wie er die Hitze damals spürte, als Jacqueline wegen seiner grundlosen Eifersucht vom Feuer verzehrt wurde. So heiß und brennend, wie es sich angefühlt hatte, als er auf der Küstenstraße neben seinem Freund Pierre in der Glut des brennenden Wagens selbst zum Brandopfer wurde.

»Was ist mir geblieben!«, schrie er auf. Und die Stimme im Kopf war es, die ihm sarkastisch antwortete: *»Nichts ist dir geblieben, nichts als die Wut. Die Wut auf diese Frau, die hämisch grinsend vor dir steht und leibhaftig zum Synonym deines gescheiterten Lebens geworden ist.«* Und noch etwas anderes sah er wie mit einem zweiten Paar Augen: Eine geballte Faust, die wie von Geisterhand geführt hervorschnellte und die grinsende Fratze traf, die ihn zu verspotten schien. Und fast gleichzeitig mit dem ausgeführten Schlag prallte diese Fratze mit einem dumpfen Krachen vor die Kaminwand. Im Bruchteil einer Sekunde wurde aus ihr ein erstauntes Gesicht, dann verschwand es aus Marcs Blickfeld, und zurück blieb ein greller, hellroter Fleck, so als habe man eine matschige Tomate an die weiß getünchte Wand geworfen.

Wie lange Marc dort regungslos gestanden hatte, wusste er später nicht mehr zu sagen. Aber kurz bevor ihn das Gefühl überkam, wie ein Brett umzukippen, kehrte das Bewusstsein für das, was geschehen war, explosionsartig in ihn zurück. Regungslos lag sie vor ihm, Constanze, die verabscheuungswürdige Frau, um deren Locken sich eine inzwischen geronnene Blutpfütze gebildet hatte. Aus ihrem gierig nach Luft schnappenden roten Mündchen zwängten sich nur noch gurgelnde Grunzlaute.

Marc kotzte in den Kamin. Schwallartig brach es aus ihm heraus. Nun war er tatsächlich zum Mörder geworden. Das würde sie nicht überleben. Ganz klar! Das konnte sie nicht überleben! Diese Tatsache fühlte sich für ihn an, als würde von jetzt auf gleich sein Blut in den Adern kochen. Dabei schaffte es das pur ausgeschüttete Adrenalin sogar, den Alkohol aus seinem Schädel verschwinden zu lassen. Wie ein brausender Sturmwind vertrieb das Stresshormon seinen Rausch, der wie nasse Regenwolken hinweggepeitscht wurde, um einigermaßen rationalen Gedanken Platz zu verschaffen.

Was tun? Raus hier!

Er eilte zum Sessel, schnappte sich die Jacke, die er dort achtlos an den Boden geworfen hatte, und ohne noch einmal nach Constanze zu sehen, deren Röcheln anklagend in seine Ohren drang, hastete er mehr stolpernd als laufend zur Türe. Auf der Treppe nahm er mehrere Stufen auf einmal. Gerade wollte er die Haustüre hinter sich zuwerfen, da fiel ihm ein, dass er den Rucksack vergessen hatte. Also wieder im Laufschritt hoch und das verflixte Ding holen. Dabei bemerkte er Constanzes Handy, das griffbereit auf dem Tisch lag. Er stutzte. Ohne weiter darüber nachzudenken, wählte er den Notruf. Die Zeit, bis sich jemand meldete, erschien ihm endlos. Dann eine freundliche Stimme an seinem Ohr, die ihn bat, Auskunft zu geben.

»Kommen Sie schnell«, keuchte er, »hier ist etwas Schreckliches passiert!« Und nachdem er den Ort des Geschehens genannt hatte, verstaute er das Handy in seine Tasche und rannte wieder los. Er verschwand im Lichtschein der offenstehenden Türe, bis ihn die Dunkelheit verschluckte.

Erst auf der Straße, ganz am Ende des Grundstücks, wo schon der Park anfing, kam er völlig ausgepumpt zum Stehen. Die letzten Meter war er beinahe mit seinem eigenen Schatten um die Wette gerannt, der im Schein der Laternen stets einen riesigen Vorsprung behielt. Jetzt erst bemerkte er, wie sehr ihm nach dem heftigen Schlag die rechte Faust schmerzte. Die Knöchel waren blutig aufgesprungen. Er rieb das Blut fort, als könnte er seine Tat damit ungeschehen machen. Gehetzt schaute er sich um. Wurde er verfolgt? Er lauschte. Keine Schritte zu hören. Dunkelheit um ihn herum, die Landschaft verschwand in der glanzlosen Schwärze der Nacht, weit und breit keine Menschenseele. Dennoch überfiel ihn Furcht, eine unbeschreibliche Furcht. War er auch schon tot? War der Ort, an dem er sich gerade befindet, die Zwischenwelt? Da, wo vor wenigen Minuten sein Herz noch hitziges Blut durch seine Adern pumpte, spürte er jetzt Totenkälte in sich. Nur die schmerzende Faust bewies, dass er noch lebte.

Zunächst strich Marc ziellos durch die Gegend, allzeit darauf bedacht, niemandem zu begegnen. Er glaubte zu wissen, dass jeder, der ihn träfe, auf der Stelle erkennen würde, dass er ein gottverdammter Mörder war. Und immer, wenn der Mensch in eine hoffnungslose Lage geriet, in der er nicht mehr ein noch aus wusste, weil er das Gefühl hatte, dass ihn jeder Schritt und jeder Weg in die Irre führen würde, so kam es auch Marc nun vor, als bemächtigte sich seiner eine unsichtbare Macht, die ihn an die Hand nahm und leitete. Marc vertraute dieser höheren Macht. Aber wohin sie ihn lenkte, wurde ihm erst deutlich, als er auf dem Nordfriedhof in der Reihe siebenundvierzig die Inschrift auf dem Grabstein las.

Jacqueline Levante *10.08.1969 – †14.12.2003
Marc Levante *24.02.1965 – †14.12.2003

Leid und Schmerz übermannten ihn. Der Kummer fällte ihn wie einen faulen, morschen Baum. Flach fiel er weinend auf das Grab, und seine Hände krallten sich tief in die Erde, als wollte er endlich dahin, wohin er eigentlich gehörte: zu seiner Frau.

Als der Morgen graute und die ersten Friedhofsbesucher auftauchten, reinigte Marc so gut es ging seine verdreckten Hände am feuchten Farn, ordnete seine ebenfalls verschmutzten Kleider und sah zu, dass er unbehelligt verschwand.

Ein Ende mit Schrecken oder ein Schrecken ohne Ende?

Das war die unglaubliche Geschichte von Marc Levante, der auf der Suche nach seiner Vergangenheit den Tod dreier Menschen fand. Da ich die ungeheuerlichen Ereignisse aus der Sicht vergangener Jahre geschildert habe, könnte einiges von meiner Fantasie ausgeschmückt worden sein, das möchte ich nicht abstreiten. Dabei habe ich nur versucht die Zusammenhänge, die mir bekannt wurden, wie fehlende Puzzleteile zu ergänzen und ineinander zu setzen, damit sich am Ende ein einigermaßen verständliches Bild von dem Menschen ergibt, der mir persönlich unvergessen bleibt. Wie drückte es der Hauptkommissar Hartmut Schnapp in seinem Verhör so treffend aus? »Das ganze Leben ist ein Puzzle!«

Ob jegliches Leben ein schönes, abgerundetes Bild ergibt, liegt eben an den einzelnen Episoden. Niemandem ist es gegeben, schon zu Beginn des Lebens die gesamte Lebensgeschichte zu erkennen und deren Ende auch nur zu erahnen. Dennoch haben wir von Geburt an alle Möglichkeiten mitbekommen, die Episoden dahingehend zu beeinflussen, dass sich alles zu einem harmonischen Ganzen zusammenfügt. Leider liegt es nicht an uns allein, denn das Schicksal wie auch der Zufall schicken uns oft Menschen auf den Weg, die unsere ganz persönliche Zukunft einen feuchten Kehricht angeht! Nur eines sollten wir keinesfalls tun, nämlich diesen Menschen unser Leben zu überlassen, geschweige uns bei dem Gefühl der Ausweglosigkeit aus dem Leben zu stehlen, wie Marc es mir gegenüber angekündigt hatte.

Noch in derselben Nacht, in der er Constanze Cramer niederschlug, war in ihm der Plan gereift, sich zu töten. Auf meinen entsetzten Vorhalt, dass Selbstmord eine Sünde wäre, sagte er nur zynisch: »*In die Hölle kommt man nur einmal, und für die habe ich längst eine Eintrittskarte in der Tasche, auch wenn das letzte Hemd keine Taschen hat.*« Da wäre ihm der Gedanke, dass er dort, in der Hölle, Jacqueline nie mehr begegnen würde, viel schmerzlicher.

Nein, Marcs Leben ist kein Dreck für mich. Sein Schicksal ist mir sehr nahegegangen, und ich hoffe immer noch inständig, dass es sich bei dem Mann, der sich mit einem Sprung auf die Hochspannungsleitung das Leben genommen hat, nicht um jenen Marc Levante gehandelt hat, von dem ich hier erzählen musste. Es ist ja auch gut möglich, dass Constanze gar nicht tot ist.

Vielleicht ist der *Pirol* auf der Suche nach einem dauerhaften Quartier ja auch wieder zurückgekehrt in den Süden? Marc sehnte sich doch danach, wie früher vor dem Unfall, über die Strandpromenade, durch die Parks und über die altehrwürdigen Plätze zu streifen. Wie liebte er das enge Labyrinth der Gassen von Menton, die in ihrem bunten Treiben das Herz der Altstadt wie lebensnotwendige Adern durchzogen. Die schiefen, pastellfarbenen Häuser, die an sommerlich sonnigen Tagen jene nötige Wärme tankten, welche man in den fröhlichen Nächten bei Musik und ausgelassener Unterhaltung dem Leben zur Freude abtrotzte.

Ich überlege allen Ernstes, ob ich nicht zu Pierre und Julie nach Südfrankreich fahre, um nachzusehen, ob *ihr* Albert wieder bei ihnen aufgetaucht ist oder, wenn nicht, ob ich ihnen einfach von seinem traurigen Schicksal erzählen soll.

Ach so, den Deckel bei Jochen, den habe ich natürlich bezahlt.

Ende

ISBN: 978-3845912752

Das Kastanienherz

Was hat er hier verloren? Nach so langer Zeit? Was hat ihn gedrängt, gerade jetzt die Stätte einer längst vergangenen Lebensepisode aufzusuchen, die allerdings so entscheidend für alle Beteiligten gewesen war? Sind es nicht die schlimmen Träume, die ihn all die Jahre aufforderten zurückzukommen, um die Fratze der Vergangenheit mit der Gegenwart zu beschwichtigen? O ja, in der Rüstung des unverwundbar erscheinenden Alters will und muss er sich dem stellen! Felix Liebtreu, ein inzwischen an Jahren und Erfahrungen gereifter Mann, kehrt an einem heißen Sommertag zurück zum Ort seiner Kindheit. Allem Anschein nach hat er dort etwas aufzuarbeiten. Der inzwischen stillgelegte Bahnhof von Leitheim ist es, den er als erstes aufsucht. Denn hier hatte damals alles begonnen.

ISBN: 978-3746000145

Her Jonas erwartet Besuch

Was ist Zeit? Zeit ist im Grunde lediglich die Vermischung von Vergangenheit, Gegenwart und Zukunft. Doch über allem steht als Grenzwächter das Alter. Herr Jonas, ein hochbetagter Herr, muss an einem besonders herrlichen Sommertag feststellen, dass er zwar auf eine lange Vergangenheit zurückblicken kann, ihm aber die Neugier auf die Zukunft fehlt, denn schon die Gegenwart ist ihm fremd geworden. Allein gelassen mit Erinnerungen, Verzweiflung und Hoffnungslosigkeit lebt er zurückgezogen hoch unterm Dach in einer schäbigen Mansardenwohnung. Wäre er in der Vergangenheit nicht so ein Pedant und Querulant gewesen, niemand in seiner Umgebung hätte von der Existenz eines Friedbert Jonas gewusst. Deshalb trifft er eine wohlbedachte Entscheidung. Es gibt da jemanden, dem er alle seine Nöte aufbürden will. Er zieht den guten Anzug an und kocht ein opulentes Mahl, denn: Herr Jonas erwartet Besuch! Rainer Mauelshagen ist es gelungen, die Unaussprechlichkeit der Einsamkeit in Worte zu fassen und damit ein Mahnmal für die moderne Gesellschaft zu erschaffen.